Über den Autor:
Friedrich Ani, 1959 in Kochel am See geboren, lebt heute als Schriftsteller in München. Für seine Arbeiten erhielt er mehrere Stipendien und Auszeichnungen, zuletzt den Deutschen Krimipreis für »Süden und das Gelöbnis des gefallenen Engels«, den ersten Band der Taschenbuchreihe mit Hauptkommissar Tabor Süden im Mittelpunkt.

Friedrich Ani

SÜDEN UND DAS LÄCHELN DES WINDES

Roman

Knaur

Besuchen Sie uns im Internet:
www.knaur.de

Deutsche Erstausgabe 2003
Copyright © 2003 bei Droemersche Verlagsanstalt
Th. Knaur Nachf., München
Alle Rechte vorbehalten. Das Werk darf – auch teilweise –
nur mit Genehmigung des Verlags wiedergegeben werden.
Umschlaggestaltung: ZERO Werbeagentur, München
Satz: Ventura Publisher im Verlag
Druck und Bindung: Clausen & Bosse, Leck
Printed in Germany
ISBN 3-426-62074-X

2   4   5   3   1

Ich arbeite auf der Vermisstenstelle der Kripo und kann meinen eigenen Vater nicht finden.

Tabor Süden

1

Der Junge rannte auf den Wald zu, als wäre der Rottweiler des Bauern Erpmaier hinter ihm her, nach dem er, so schnell er auch lief, wie in vorauseilender Panik Ausschau hielt: Seine Blicke flitzten über den Hof, zu jedem Tor, zu jeder Tür, von einem Gebäude des Anwesens zum nächsten, vom Hühner- und Schweinestall zum Kuhstall, vom Geräteschuppen zum Silo, vom Wohnhaus zum Anbau mit den Ferienwohnungen. Und jedes Mal, wenn der Junge den Kopf drehte, schlugen ihm Haarspitzen in die Augen, denn seine Mütze war verrutscht, und er hörte die Worte seiner Mutter wieder – »Morgen gehst du zum Sinner, und wehe nicht!« –, und dann verscheuchte in der Dunkelheit des frühen Winterabends ein böses Bellen seine Gedanken. Er durfte nicht stehen bleiben. Er musste schneller rennen, an der Holzgarage für die Traktoren vorbei zum Waldweg, hügelan. Auf einer Wurzel, die sich aus der Erde schlängelte, rutschte er aus, ruderte mit den Armen, fand wieder Halt in der feuchten Luft und versuchte dabei den Kopf gesenkt zu halten und den glitschigen Stellen auszuweichen. Doch die Finsternis kam ihm auf einmal so dicht und unheimlich vor, dass er glaubte, von ihr geblendet zu werden.

Das Bellen hörte nicht auf. Aus der Tiefe des schwarzen Nichts, das ihn umgab, rollte es auf ihn zu, und er wusste, wenn er auch nur eine Sekunde innehielt, würde Rocko ihn packen und zerfetzen.

Kein Hund in Taging bellte wie der Rottweiler von Erp-

maier Ludwig senior, es war das Bellen eines alten blut-
rünstigen, verfetteten Köters, den nicht nur die Kinder im
Dorf fürchteten. Mindestens fünfmal hatte er in den vergangenen Jahren Spaziergänger angefallen, die das blu-
mengeschmückte, bemalte, gutshofartige Anwesen be-
trachten wollten und dabei zu nah an seine Hütte heran-
getreten waren. Zwei Frauen hatte er lebensgefährlich
verletzt, und die Erklärung, warum er daraufhin nicht
eingeschläfert worden war, vermuteten die Leute in der
Tatsache, dass Erpmaier senior den Opfern, die beide aus
Taging stammten, hohe Entschädigungssummen gezahlt
hatte, angeblich mehr als hunderttausend Mark. Der Vater des alten Erpmaier war Bürgermeister gewesen, sein
Sohn hatte sich zu einem wohlhabenden Großbauern
entwickelt, dessen Bruder ebenfalls Bürgermeister und
dessen Sohn zumindest Bürgermeisterkandidat geworden war. Für Erpmaier senior war Rocko eine Art heilige
Kuh, das bekam jedes Kind im Dorf spätestens mit dem
Eintritt in den Kindergarten eingebläut, und dazu die
Warnung, das Tier unter keinen Umständen zu reizen
oder mit ihm zu spielen, ganz gleich, wie zutraulich es
gelegentlich wirken mochte.

Für den Jungen, der in jener Dezembernacht durch den
Wald den Gibbonhügel hinauflief und laut keuchte, gehörte Rocko zum festen Inventar seiner Albträume, dabei
hatte der Hund ihm bisher nichts getan, er bekam ihn
überhaupt selten zu Gesicht, obwohl seine Eltern vor
einem Jahr in ein Haus gezogen waren, das nur dreihun-
dert Meter vom Erpmaierhof entfernt lag. Sein Herz

schlug, als wolle es seinen Körper sprengen, unter der rotblauen Pudelmütze sammelten sich Schweißschlieren, und am liebsten hätte er den Reißverschluss seines Anoraks aufgezogen und sich die Mütze vom Kopf gerissen. Aber er musste weiter, schneller und noch weiter nach oben, auf dem matschigen Weg, den er vom Sommer her kannte. Er wusste genau, wo der Weg endete, auf einer Lichtung, von der aus man bis zu den ersten Häusern des Dorfes sehen konnte, was er gewiss nicht tun würde. Denn er wollte nie wieder dorthin zurück. Nie wieder.

Erst als er die Lichtung fast erreicht hatte – jedenfalls bildete er sich das in der undurchdringlichen Dunkelheit ein –, bemerkte er die Stille.

Alles, was er hörte, war sein eigenes Keuchen und, wenn er dies mit zusammengepressten Lippen unterdrückte, ein leises Tropfen, weit entfernt, und ein Rascheln wie von besonders feinen Blättern. Kein gespenstisches Bellen mehr, kein heiserer Fluch eines verfluchten Hundes. Erschöpft und gleichermaßen aufgewühlt lehnte der Junge an einem Baum, atmete mit offenem Mund und zitterte vor Aufregung. Er hatte es geschafft. Er dachte: Ich habs geschafft. Und dann, nur einen Moment später, nach einem kurzen Horchen und einem schnellen Blick, der nicht weiter reichte als bis zu einem umgestürzten Stamm, dessen mächtiges Wurzelwerk schwarz aufragte, dachte er: Und jetzt? Schlagartig fühlte er sich nicht mehr wie befreit, sondern in höchstem Maß befangen und ratlos. Er krallte die Finger in die morsche Rinde, alle zehn, und presste den Rücken gegen den nassen Baum, als wolle er eine Tür aufstemmen und dahinter verschwinden. Es war, als würde sein Übermut, der ihn vorangetrieben und in einen Zustand von Unfurcht versetzt hatte, sodass er noch vor einer Minute, wenn es hätte sein müssen, mit Rocko den Kampf aufgenommen hätte, im lehmigen Laubboden versickern und einen Feigling zurücklassen, der schlotternd vor Angst zu weinen begann.

Er merkte nicht, wie ihm die Tränen über die erhitzten Wangen liefen. Sein ganzer Körper, von den Füßen bis zu den Schultern, zitterte, und er versuchte still zu stehen, er ballte die Hände zu Fäusten und presste die Lippen wieder, so fest er konnte, aufeinander, er drückte die Schuhe in die Erde, weil er hoffte, seine Knie würden dann zur Ruhe kommen. Stattdessen zitterten sie noch mehr und er dachte: Vielleicht bin ich in ein Stromnest getreten, und der Strom kriecht in mich rein wie eine Million elektrischer Ameisen, und mein Herz wird explodieren, und ich werd sterben, allein im Wald, und Rocko wird mich riechen und finden und fressen.

Vor Angst vergaß er Luft zu holen. Dann riss er den Mund auf und keuchte wie vorhin, als er den steilen Hang hinaufgerannt war. Jetzt hatte er einen salzigen Geschmack im Mund und er wusste sofort, woher. Hastig wischte er sich mit beiden Händen über die Augen, übers Gesicht, seine Hände waren schmutzig, und er stand bis zu den Knöcheln in schmierigem Laub, die Jeans klebten an seinen Waden und seine Kopfhaut juckte unter der Mütze, aber er traute sich nicht zu kratzen. Er traute sich nicht einmal die Hand zu heben oder wenigstens einen Schuh aus dem Dreck zu ziehen, er traute sich nicht den Kopf zu drehen, weder auf die eine noch auf die andere Seite, er traute sich nicht zu atmen. In Sekundenabständen sog er die Luft durch die Nase ein, als dürfe er nicht das geringste Geräusch verursachen, als sei genau dies der Trick um aufzuwachen, endlich aufzuwachen.

Doch ich wachte nicht auf. Ich wachte nicht auf, weil ich nicht schlief. Ich war wirklich im Wald, ich war wirklich von zu Hause weggelaufen, in der Nacht zum sechsten Dezember. Die Dunkelheit hüllte mich in einen Mantel aus Angst, und ich weinte ohne Unterlass. Ich war zehn Jahre alt und warum ich ausgerissen war, konnte ich auch Jahre später nie überzeugend erklären. Erst heute, wenn ich an jenen Vermisstenfall zurückdenke, der uns im Dezernat 11 mehrere Tage lang beschäftigt hatte – wieder war es Dezember gewesen und wieder war es um ein Kind gegangen, sogar um zwei Kinder –, scheint mir, ich könne das Kind, das ich damals war, allmählich begreifen, in seinem Handeln, in seiner Besessenheit, in seiner Furcht, die nichts mit dem Wald und seiner schwarzen Gegenwart zu tun hatte.
Erst heute, nachdem ich aus dem Polizeidienst ausgeschieden bin und versuche, wozu auch immer, meine Erinnerungen zu sortieren, bilde ich mir ein, eine Verbindung zu erkennen zwischen den Vermissungen von Sara und Timo, die wir zu klären hatten, und mir, Tabor Süden als Jungen, und ich bin ein wenig erleichtert über die

unerwartete Annäherung an mein vergangenes Ich, wenngleich ich mit der Person, der mein Verhalten damals den größten Schmerz zugefügt hatte, dieses bescheidene Glück nicht mehr teilen kann.

In jener Nacht jedoch, der Nikolausnacht, dachte ich ausschließlich an meinen eigenen Schmerz, ich dachte mit aller Macht an ihn, ich konzentrierte mich auf nichts anderes. Und so gelang es mir der Dunkelheit und den Geräuschen der Stille zum Trotz den Baum, an den ich mich klammerte, zu verlassen und meinen Weg in nördlicher Richtung fortzusetzen, langsam, einen Schritt nach dem anderen, über die grasbewachsene, unebene Lichtung, parallel zum Waldrand, in dem fahrigen Licht eines Mondes, den die Wolken in dem Augenblick freigaben, als ich mich umsah, um mich zu versichern, dass mir tatsächlich niemand folgte.

Nur die Stimme meiner Mutter ging mir nicht aus dem Kopf, die ganze Nacht, den ganzen Weg über. Bis zum ersten Schrei einer Krähe im dämmernden Morgen hörte ich meine Mutter aus ihrem Schlafzimmer rufen: »Morgen gehst du zum Sinner, und wehe nicht!«

2 »Herr Süden?«

»Ja.«

»Kann ich Sie sprechen?«

»Nur zu.«

»Unter vier Augen, es ist sehr wichtig.«

»Ist jemand verschwunden?«

Die Frau antwortete nicht. Ich wartete ab. Meine Kollegin Sonja Feyerabend, mit der ich das Büro teilte, hatte einen dicken Wollschal um den Hals gewickelt und eine Eukalyptusaura, sie hustete ständig, ohne ihre Arbeit zu unterbrechen, die darin bestand, pausenlos auf die Tastatur ihres Computers einzuhacken, vermutlich, um möglichst schnell fertig zu werden und nach Hause gehen zu können. Ihre Stirn glänzte von Schweiß, und ich fragte mich, ob er von ihrem hektischen Schreiben kam, das nicht enden wollte, oder ob sie sich in einer Art Grippedelirium befand. Mehrmals hatte ich versucht sie anzusprechen, aber sie reagierte nicht, es schien, als würde sie mich nicht hören, als würde sie niemanden hören oder etwas wahrnehmen.

»Herr Süden?«

»Ja?«

»Ich muss Sie dringend sprechen.«

»Worum gehts denn ...« Ich sah auf den Block mit dem Namen, den mir Erika Haberl, die Sekretärin der Vermisstenstelle, durchgegeben hatte. »... Frau Berghoff.«

»Das möcht ich am Telefon nicht sagen.«

»Können Sie ins Dezernat kommen?«, fragte ich.

»Ich kann hier nicht weg«, sagte sie. »Zwei Mitarbeiter sind krank, ich muss an der Rezeption bleiben. Bitte, Herr Süden ...«

Ich sagte: »Sie arbeiten in einem Hotel.«

»Hotel ›Aurora‹ in Schwabing.«

»Das kenne ich.«

»Bitte kommen Sie!«

»Nein«, sagte ich.

Wieder verstummte sie. Ich beobachtete Sonja, die anscheinend an einem imaginären Tippwettbewerb teilnahm, ihre Finger hackten und zuckten, ihre braunen halblangen Haare klebten ihr im Nacken, so stark schwitzte sie, und sie hatte rote Flecken im Gesicht.

»Sonja?«

Ihre Hand huschte zur Maustaste, dirigierte sie, flitzte zurück und das Klacken ging weiter. Sonja musste blinzeln, weil ihr Schweiß in die Augen rann.

»Ich heiß Susanne.«

»Bitte?«, sagte ich.

»Ich heiß Susanne Berghoff«, sagte die Frau am Telefon, »nicht Sonja.«

»Ja«, sagte ich und hörte am Ende der Leitung ein Telefon klingeln und verschiedene Stimmen.

»Ich hab neue Gäste«, sagte Frau Berghoff. »Ich ruf gleich noch mal an. Sie müssen mir helfen, Herr Süden. Ich hab viel über Sie gelesen ...«

»Wer ist verschwunden, Frau Berghoff?«, sagte ich.

»Niemand«, sagte sie und legte auf.

14

»Fertig!« Sonja schnippte mit den Fingern und sah mich aus glasigen Augen an.

»Schleichen Sie sich!«, sagte ich. »Gehen Sie ins Bett!«

»Alle Widerrufe erledigt«, sagte sie, als habe sie mich nicht verstanden. »Die Kollegen vom LKA haben keinen Grund mehr uns anzuschnauzen.« Sie betrachtete ihren Computer wie eine Trophäe. Und tatsächlich beugte sie sich vor und lächelte das Ding an. Sie grinste nicht, sie lächelte, als säße dort ein Mensch, der gemeinsam mit ihr Großes vollbracht hatte.

»Sehr gut«, sagte ich.

»Was?«, sagte sie.

»Soll ich Sie nach Hause fahren?«

»Nein.« Sie stand auf, schwankte und hielt sich an der Stuhllehne fest. »So ein Mist! Mir ist schwindlig. Außerdem verdurste ich gleich.«

Ich goss Mineralwasser in ein Glas und reichte es ihr. Sie trank es in einem Zug aus.

»Schaffen Sie es allein?«, fragte sie.

Ich sagte: »Was genau?«

Sie holte Luft, zog ihren Mantel an, nahm die Umhängetasche vom Stuhl und sah sich um, als habe sie vergessen, wo sich die Tür befand.

»Ich kann Sie in Ihrem Wagen nach Hause fahren«, sagte ich. »Und dann nehme ich ein Taxi zurück.«

»Ich fahr selber!«, sagte sie etwas zu laut, was sie aber nicht zu bemerken schien.

»Gute Besserung«, sagte ich.

Sie zog den Mantel enger zu und wickelte den Schal noch

fester um den Hals. Es war nicht zu übersehen, dass sie gleichzeitig fror und schwitzte.

Als sie auf den Flur hinaustrat, kam ihr, mit dunklen Tränensäcken im knochigen Gesicht, mein Freund und Kollege Martin Heuer entgegen, eingehüllt in eine türkisfarbene Daunenjacke.

»Servus«, sagte er und hielt Sonja die Glastür auf, die ins Treppenhaus führte.

»Hallo«, sagte Sonja mit magerer Stimme.

»Bist krank?«, fragte er.

Sie antwortete ihm nicht. Martin und ich sahen ihr hinter der Glastür zu, wie sie auf den Lift wartete und dann, weil es ihr zu lange dauerte, mit vorsichtigen Schritten die Treppe hinunterging, die Hand ums Geländer geklammert wie eine gebrechliche Frau.

»Die hats sauber erwischt«, sagte Martin. Er kam von einer Vernehmung in einem Vermisstenfall, von dem wir nicht annahmen, dass er uns lange beschäftigen würde. Es ging um einen Mann, der eines Nachts nicht nach Hause gekommen war, die Familie befand sich in Aufruhr und bildete sich die fürchterlichsten Dinge ein, während wir schon nach den ersten Gesprächen von einer Beziehungssache ausgingen, das hieß, wir hatten Hinweise auf eine außereheliche Beziehung erhalten, die der Ehemann offenbar eine Weile ungestört genießen wollte. Zwei Tage später tauchte er wieder auf und behauptete, er habe mal einige Zeit für sich sein und über sein Leben nachdenken müssen. Seine Frau tat so, als würde sie ihm glauben, und wir schickten einen Vermisstenwiderruf ans Landeskriminalamt, damit die Kollegen den Namen im INPOL-System löschen konnten.

»Ich bin immer wieder verblüfft, in was für einer Lügenwelt manche Familien leben«, sagte Martin, bevor er anfing, das Protokoll seiner Vernehmung zu schreiben. »Und noch mehr beeindruckt mich, wie professionell sie ihre Lügen verkaufen, ich fall immer wieder drauf rein.«

Mein Telefon klingelte.

»Hier ist noch mal Frau Berghoff.«

»Grüß Gott, Frau Berghoff«, sagte ich.

»Es geht um meinen Sohn«, sagte sie.

Also fuhren Martin und ich in die Herzogstraße zum Hotel »Aurora«, um uns eine Geschichte erzählen zu lassen, von der wir zunächst nicht erwarteten, dass sie der Wahrheit entsprach.

»Sie müssen mir glauben«, sagte Susanne Berghoff mehrere Male hintereinander. »Mehr weiß ich auch nicht. Ehrlich.«

Was sie nicht wusste, war, wo ihr Sohn sich aufhielt. Timo war neun Jahre alt, und weder Martin noch ich konnten uns an eine Mutter erinnern, die, obwohl sie offenbar keine Ahnung hatte, wo sich ihr Kind herumtrieb, derart geringe Anstrengungen unternommen hätte seinen Aufenthaltsort herauszufinden. Ihre größte Sorge schien zu sein, jemand könne von Timos Verschwinden erfahren, und anfangs hielt ich es für möglich, dass sie uns nur deswegen informiert hatte, damit wir dies verhinderten und nichts weiter. Susanne Berghoff wirkte vollkommen auf sich fixiert.

Aber wir drängten sie nicht. Wir ließen sie reden.

»Er ist schon öfter weg ... Das macht er schon mal ... Er ist sehr selbstständig ...«

Wir saßen im Aufenthaltsraum des kleinen Hotels an einem Tisch mit einer grünen Decke, über die eine zweite, weiße gebreitet war. Alle zwölf Tische sahen gleich aus, unter dem Fenster mit den bodenlangen Stores stand ein langer Tisch, auf dem Tassen und Teller ordentlich aufgereiht waren. Der Raum war niedrig und dunkel, an der Decke brannte eine Lampe mit einem beigen Stoffschirm, die ein Licht verbreitete, das mich müde machte. Vielleicht lag es auch an der trockenen Luft und an der Art, wie Susanne Berghoff sprach. Sie war neunundzwanzig, wie wir später erfuhren, aber als wir sie das erste Mal trafen, schätzte ich sie auf mindestens fünfunddreißig. Sie war sehr schlank, eigentlich dürr, und stark geschminkt, sie wirkte überarbeitet und nervös, sie kam mir vor, als denke sie außer an sich selbst an eine Menge Dinge, die sie unter keinen Umständen preisgeben wollte. Immer wieder ging ihr Blick zur Tür, als erwarte sie jemanden, dann schaute sie uns mit verkniffenem Gesicht an, überlegte, wägte die Worte ab, strich die Tischdecke glatt, faltete die Hände und nahm sie wieder auseinander.

»Warum sagen Sie nichts?«, fragte sie.

Martin, der ihr gegenüber saß, zuckte mit der Schulter. Ich stand in der Nähe des Fensters, die Arme verschränkt, und hätte gern das Fenster geöffnet, um durchzuatmen, was auch Timos Mutter nicht geschadet hätte.

Sie schüttelte den Kopf. Dann rieb sie den Zeigefinger am Daumen wie jemand, der von Geld spricht. Sie bemerkte es nicht.

»Sie glauben, ich verschweig Ihnen was«, sagte sie.

»Ja«, sagte ich.

»Das stimmt nicht!«

»Können wir Ihren Mann in Wolfsburg anrufen?«, fragte Martin.

Sie hatte uns erzählt, ihr Mann nehme im VW-Werk an einem schwierigen Einstellungstest teil, bei dem Personen, die bisher nichts mit Autos zu tun hatten, zu Monteuren umgeschult würden und darüber hinaus fähig sein sollten, in einer Gruppe zu arbeiten. Darauf basiere das neue Konzept des Unternehmens, das von den Arbeitern verlange, eine bestimmte vorher vereinbarte Menge von Fahrzeugen fertig zu stellen, und zwar für einen Pauschallohn, wobei sich die konkrete Arbeitszeit nach der Erfüllung des Produktionssolls richte, und je perfekter die Abstimmung im Team funktioniere, desto schneller werde das Ziel erreicht und desto höher der Stundenlohn für jeden Einzelnen.

Mit großem Eifer hatte Susanne Berghoff von dem Konzept erzählt, so weit sie es verstanden oder ihr Mann es ihr erklärt hatte. Sie schien stolz auf seinen Elan und seinen Willen zu sein, diese Prüfungen zu schaffen, an denen ungefähr vierzigtausend Kandidaten aus ganz Deutschland teilnahmen. Bevor er arbeitslos wurde, war

Hajo Berghoff Abteilungsleiter in einer Filiale von CompuLine gewesen, einer Kette von Spezialgeschäften für Hard- und Software, Netzwerkinstallationen, elektronische Archivierungen, EDV-Technologien und eine Reihe von Serviceleistungen. Vor acht Monaten war die Münchner Filiale geschlossen worden. Alle Versuche Berghoffs, auf seinem Fachgebiet einen anderen Job zu finden, scheiterten, er fand keine Firma, die neue Leute einstellte.

»Er ist so gut«, sagte seine Frau, »er kann Ihnen die kompliziertesten Dinge auf dem Computer erklären, es gibt Kunden, die rufen immer noch bei ihm an, weil sie seine Hilfe brauchen. Aber davon können wir natürlich nicht leben. Außerdem will er wieder richtig arbeiten, zehn, zwölf Stunden am Tag, das braucht der, da blüht er auf, da ist er in seinem Element.«

Sie hatte zur Tür gesehen und den Kopf geschüttelt, als müsse sie sich mit Nachdruck daran erinnern, dass es im Moment um etwas anderes ging.

»Sie können ihn anrufen«, sagte sie jetzt. »Aber Sie werden ihn nicht erreichen. Er schaltet sein Handy natürlich ab. Er weiß auch nicht mehr als ich. Ehrlich.«

Martin schrieb etwas auf den Block, den er vor sich liegen hatte.

Dann sah er die Frau an. »Ich frag Sie noch mal: Warum wollen Sie Ihren Sohn nicht als vermisst melden? Warum haben Sie keine Angst, dass ihm was zugestoßen sein könnte, wieso ...«

»Aber ich hab ja Angst!«, sagte sie laut zu mir. »Deswegen

hab ich Sie ja angerufen, Sie finden doch die Leute immer, Herr Süden ...«

»Ihr Sohn ist neun«, sagte ich und ging zum Tisch. Vielleicht brachte mich die Bewegung etwas in Schwung. »Er ist heute Nacht nicht nach Hause gekommen, Sie rufen bei uns im Dezernat an, Sie machen sich Sorgen ...«

»Ja, ja!«, sagte sie, den Blick starr auf mich gerichtet.

»... und wir sind hier, Frau Berghoff. Und jetzt reden Sie offen mit uns, sagen Sie uns, was Sie vermuten, sagen Sie uns, warum Sie nicht wollen, dass Ihr Mann von all dem erfährt, sagen Sie ...«

»Das stimmt doch gar nicht!« Wieder rieb sie nervös den Finger am Daumen und zog die Stirn in Falten, während sie den Tisch anstarrte. »Ich hab ihm nicht ... Er hat keine Zeit für so was, er muss diesen Job kriegen und das schafft er auch. Das schafft er auch! Er schafft das!«

»Ja«, sagte ich.

Mit einem Ausdruck tiefer Erschöpfung sah sie mich an. »Herr Süden ...« Sie stockte wie am Anfang unseres Besuchs, als sie von ihrem Jungen erzählte und nach jedem halben Satz eine Pause machte, als wolle sie abschätzen, ob sie womöglich schon zu viel preisgegeben hatte.

»Ja?«, sagte ich.

»Könnt ich ... entschuldigen Sie ...« Sie hatte sich für eine Sekunde an Martin Heuer gewandt. »Könnt ich Sie ... Ich würd gern mit Ihnen allein sprechen, Herr Süden, geht das? Ist das möglich? Ich hab ... Das ist nicht gegen Sie ...« Diesmal sah sie meinen Kollegen etwas länger an.

»Warum?«, sagte ich. »Ich berichte ihm sowieso alles, wir

arbeiten zusammen. Sie können ihm ebenso vertrauen wie mir, Frau Berghoff.«

»Das weiß ich«, sagte sie. »Ja, ja ... Es wär mir nur lieber ... egal ...«

»Das ist kein Problem«, sagte Martin und stand auf und steckte seinen Block ein. »Ich warte drüben im Café.« Er verließ das Zimmer. Ich blieb am Tisch stehen. Susanne sah zu mir herauf.

»Möchten Sie sich nicht hinsetzen?«, sagte sie.

Ich sagte: »Ich stehe lieber.«

Ich machte einen Schritt zur Wand und lehnte mich vorsichtig an.

Susanne Berghoff verfolgte jede meiner Bewegungen. Allmählich ärgerte mich ihre Verzagtheit, entweder sie fing endlich an die Wahrheit zu sagen, oder ich würde gehen. Ich wurde fürs Suchen bezahlt, nicht fürs Vielleichtsuchen. Nur weil sich anscheinend herumgesprochen hatte, nicht zuletzt durch Berichte in den Zeitungen, die nach einigen Vermisstenfällen erschienen waren und in denen ich zwangsweise und ungefragt vorkam, dass ich jemand sei, »mit dem man reden konnte«, fand ich noch lange kein Vergnügen daran, in engen Zimmern herumzustehen und jemandem die Beichte abzunehmen. Es stimmte, zuhören fiel mir leichter als reden, ich übte Schweigen seit meiner frühen Jugend, und während der zwölf Jahre meiner Arbeit in der Vermisstenstelle hatte ich gelernt, Stunde um Stunde Lügnern zuzuhören. Offenbar hatte ich tief in mir ein Reservoir an Geduld, das auf eine für mich manchmal beängstigende Weise unerschöpflich schien, doch ich wurde mürrisch und verschlossen, wenn ich den Eindruck bekam, jemand nutzte mein Schweigen aus. Damit meine ich nicht, ob mich jemand anlog oder auszutricksen versuchte oder mir, aus welchen Gründen auch immer, Geheimnisse seines Lebens anvertraute, die mich nicht das Geringste angingen, oder mich mit einer Meinung überschüttete, die mich nicht interessierte. Was mich in die Abwesenheit trieb war, wenn jemand mich als wandelndes Testlabor für taktische Experimente mit seiner Seele benutzte, jemand, der sich vor seinen eigenen Explosionen fürchtete und deshalb einen anderen brauchte, um diese auszulösen und selbst möglichst unbeschadet davonzukommen. Wer mich mit einem Arzt, Psychiater oder Priester verwechselte, für den blieb ich unerreichbar, ich konnte nichts für ihn tun und ich versuchte es nicht einmal.

»Sie müssen mir glauben«, sagte Susanne Berghoff, »ich wollt nicht, dass er wegläuft, ich wollt nur, dass er tut, was ich ihm sag, ich wollt ihn nicht verprügeln, ich wollt ihm nur sagen, dass es so nicht geht, dass das nicht geht ... Und dann hab ich ihn so verprügelt, dass er geblutet hat, Herr Süden ...«

Ich sagte: »Vielleicht hat er es verdient.«

Vor Schreck zuckte sie mit den Beinen und schlug sich das Knie an der Unterkante des Tisches an.

»Sie mussten es vielleicht tun«, sagte ich.

»Das ist doch nicht Ihr Ernst!« In die Anspannung in ihrem Gesicht mischte sich Empörung, die sie ein wenig aus ihrer Lethargie befreite.

»Warum nicht?«

»Sind Sie für die Prügelstrafe? Sie sind doch Polizist! So was dürfen Sie doch nicht sagen, das dürfen Sie doch nicht!«

Ich schwieg.

»Er hat geblutet, Herr Süden!« Sie stemmte die Hände auf den Tisch. Ihre Finger wirkten weiß und unwirklich. »Im Gesicht hat er geblutet und an den Händen, die hat er doch vors Gesicht gehalten, er hat sich die Hände vors Gesicht gehalten, weil ich ihn so fest geschlagen hab ...«

»Womit?«

»Bitte?«

Sie war völlig verwirrt.

»Womit haben Sie ihn geschlagen?«

»Mit ... mit der Hand und dann ... und dann mit dem Kleiderbügel, der lag da, zufällig auf seinem Bett, der lag bloß zufällig da, und ich hab ... Er hat so laut geschrien, und ich hab immer weiter geschlagen, so lange, bis er liegen geblieben ist und sich ... und sich nicht mehr gerührt hat, er hat sich nicht mehr gerührt, Herr Süden. Im ersten Moment hab ich gedacht, er ist tot, das hab ich gedacht, o Gott, hab ich gedacht, o Gott o Gott ...«

Sie sah an mir vorbei zur Wand, dann zur Tür, dann wieder zur Wand neben mir.

Ich schwieg.

Endlich schaffte sie es mich anzusehen.

»Haben Sie nichts zu sagen?«

»Nein«, sagte ich.

Ihre Empörung, die sie soeben noch aufgewühlt hatte,

verwandelte sich in Unsicherheit. Ich sah ihr an, wie krampfhaft sie versuchte herauszufinden, was sie empfinden, wie sie reagieren solle und was mein Verhalten zu bedeuten habe. Ich tat nichts, stand regungslos an die Wand gelehnt, die Hände hinter dem Rücken, vermutlich wirkte ich teilnahmslos oder abweisend.

»Er ist wegen mir weggelaufen«, sagte Susanne Berghoff und wartete auf eine Reaktion.

Aber ich reagierte nicht. Mindestens eine Minute lang. Die Frau sah mich an, unschlüssig, ob sie etwas sagen solle, mit zusammengezogenen Brauen, die Hände auf den Tisch gepresst.

Dann stieß ich mich von der Wand ab und setzte mich auf den Stuhl, auf dem vorher Martin gesessen hatte.

»Warum haben Sie Ihren Jungen geschlagen, Frau Berghoff?«

»Er hat ... er hat nicht gefolgt«, sagte sie. »Er folgt manchmal nicht, er kommt zu spät nach Hause, er lernt nicht, er muss ... wir möchten, dass er aufs Gymnasium geht, er ist ja schon neun, aber ... Wir haben ihn ein Jahr später eingeschult, damit er noch was hat von seinem Kindsein, damit er noch was davon hat. Haben Sie das vorhin ernst gemeint mit dem: Vielleicht hat ers ja verdient? Haben Sie das ernst gemeint?«

»Nein«, sagte ich.

»Sie haben mich ganz schön erschreckt!«

Ich schwieg.

»Irgendwie ... irgendwie hab ich Sie mir anders vorgestellt, irgendwie ... nicht so ...«

»So korpulent?«, sagte ich.

»Bitte? Sie sind doch nicht korpulent, Herr Süden, nein ... Ich hab mir ... ich dachte, Sie wären ... Entschuldigung, mehr ein sanfter Typ ...«

Ich schwieg.

»Sanfter«, wiederholte sie. »Ich kenn Sie ja nur aus der Zeitung, ich hab die Fotos gesehen ... Tut mir Leid.«

»Ich kann schon sanft sein«, sagte ich, als müsse sie das wissen und als sei ich davon überzeugt.

»Bestimmt«, sagte sie.

Dann senkte sie den Kopf, und ich fürchtete, sie würde wieder in die alte Lethargie verfallen. Doch dann schnellte ihr Kopf nach oben.

»Wenn mein Mann davon erfährt, dreht er durch!«, sagte sie mit fester Stimme. »Wir müssen Timo finden. Sie müssen ihn finden, bitte, Sie müssen ihn finden!«

»Sie müssen es Ihrem Mann sagen.«

»Nein!«

»Wo könnte Timo sein? Bei einem Freund?«

»Er hat nicht viele Freunde«, sagte sie.

»Warum nicht?«

»Bitte?«

»Warum hat ein Neunjähriger nicht viele Freunde?«, sagte ich.

»Da kann ich doch nichts dafür!«, sagte sie und starrte ihre rechte Hand an wie einen Fremdkörper, den sie gerade erst bemerkt hatte.

»Haben Sie noch andere Kinder?«

»Bitte? Nein, Timo ist unser Einziger. Ich hab schon ... Ich hab meine Schwester angerufen, die wohnt in der Stadt, die weiß auch nichts, bei ihr hat er sich nicht gemeldet ... Wo könnte er denn sein?«

»Sie haben gesagt, er war schon öfter über Nacht weg, wo war er da?«

»Nicht so oft, wie Sie vermuten. Er war bei einem Freund, bei einem Freund war er da, und manchmal bei meiner Schwester, ja, weil ich ... einmal war ich krank, da hat er bei ihr übernachtet, in der Lothringer Straße ...«

»Haben Sie mit dem Freund gesprochen?«, fragte ich.

»Nein«, sagte sie. »Ich hab noch ... ich hab mich nicht getraut ... Ich wollt erst Sie um Rat fragen.«

»Rufen Sie ihn an«, sagte ich.

»Und was soll ich sagen?«

»Sie fragen ihn, ob Timo bei ihm ist, was denn sonst?«

»Und wenn er Nein sagt?«

»Dann fragen Sie ihn, ob er weiß, wo Timo sein könnte. Was ist denn mit Ihnen los, Frau Berghoff?«

»Die ... die ...« Sie sah wieder zur Tür und rieb mit dem rechten Handrücken über die Tischdecke. »Die wissen doch, dass ich ... dass mir schon mal die Hand ausgerutscht ist, das wissen die doch, und wenn ich jetzt sag, dass der Timo ...«

»Sie nennen das ›die Hand ausrutschen‹, wenn Sie Ihren neunjährigen Sohn blutig prügeln?«, sagte ich.

Sie erschrak so heftig, dass sie sich wieder das Knie am Tisch anschlug.

»Aber ... aber ...«

»Wie heißt Ihre Schwester?«, fragte ich.

»Bitte?«, fragte sie verwirrt. »Carola, Carola Schild, in der ... in der ...«

»In der Lothringer Straße«, sagte ich.

»Woher wissen Sie das?«

»Sie rufen jetzt diesen Freund von Timo an«, sagte ich. »Und dann überlegen Sie sich, ob Sie Timo als vermisst melden wollen. Haben Sie das verstanden? Mein Kollege und ich sind keine Privatdetektive. Sie haben Ihren Sohn verprügelt, und er ist weggelaufen, das passiert häufig, vielleicht ist er heute Abend wieder da. Wenn nicht, rufen Sie mich an, und wir können anfangen, ihn professionell zu suchen. Machen wir das so?«

»Ja«, sagte sie, obwohl ich den Eindruck hatte, dass sie mir überhaupt nicht zugehört hatte.

Ich stand auf. »Haben Sie Angst um Ihren Timo, Frau Berghoff?«, fragte ich.

»Natürlich!«, sagte sie schnell.

»Warum erstatten Sie dann keine Anzeige?«

»Das hab ich doch ... das hab ich Ihnen doch erklärt. Wenn ...«

»Ja«, sagte ich. An der Tür drehte ich mich noch einmal um. »Sie sehen, ich bin nicht besonders sanft heute.«

»Ich hätt Sie nicht anrufen sollen«, sagte Susanne Berghoff.

»Das scheint mir auch so«, sagte ich und ging.

3

»Erklär mir diese Frau«, sagte Martin Heuer.

Im »Römercafé« am Pündterplatz, das im vorigen Jahrhundert genauso aussah wie jetzt, saßen diskutierende Gäste um die fünfzig und an den Tischen am Fenster drei junge Leute, die in dicken Büchern lasen. Es roch nach Kräutertee und Duftöl, und aus den alten Sofas stieg dezenter Modergeruch. Die alten Teppiche dämpften jeden Schritt, es herrschte eine heimelige Wärme, auf den Tischen brannten Kerzen und auf den Blättern der Grünpflanzen kuschelte sich Staub. Jeden Moment erwartete man einen Gedichtvortrag oder eine vorweihnachtliche sinngebende Darbietung aus der angerauten Bohemienkehle eines Schwabinger Originals.

Zum Glück blieb alles ruhig. Martin und ich versanken in einer dunkelbraunen Couch und mussten uns jedes Mal mühsam aufrichten, wenn er sein Bierglas oder ich meine Kaffeetasse auf dem für die Sitzverhältnisse zu hohen Holztisch erreichen wollte. Wir hockten nebeneinander, krumm und lasch wie zwei alte Säcke, denen die Luft ausgegangen war.

Ich überlegte, wie ich ihm diese Frau erklären könnte.

Susanne Berghoff, Pächterin eines kleinen, aber beständigen Hotels, verheiratet, der Mann ein arbeitsloser Computerfachmann, ein Sohn, Timo, neun Jahre alt. Sie ruft die Polizei an, benimmt sich dann aber alles andere als kooperativ. Wie benahm sie sich überhaupt? Was genau wollte sie uns vermitteln?

»Ich glaub, wir müssen uns keine Sorgen machen«, sagte Martin.

»Hoffentlich«, sagte ich.

»Das ist doch eine Dummheit, die Eigenheimzulage kürzen zu wollen!«, hörte ich vom Nebentisch.

»Solche Einschnitte sind notwenig.«

»Nein, das ist nur Umschichtung, das ist Einsparen am falschen Platz, am ganz falschen Platz.«

Ich versuchte meine Kaffeetasse zu erreichen, was bedeutete, dass mir der Hosenbund wieder in den Bauch schnitt, der sich unfreundlich wölbte. Diese Jeans waren zu eng, sie waren seit einem Jahr zu eng, weil es mir nicht gelang entweder neue zu kaufen oder abzunehmen.

»Warum wollte sie mit dir allein sprechen?« Martin winkte dem Wirt, weil er ein frisches Bier brauchte.

»Das weiß ich nicht«, sagte ich. »Ich hab dir alles erzählt.«

»Sie brauchte jemand zum Quatschen«, sagte Martin.

»Noch ein Helles?«, fragte der Wirt, ein Mann in einem karierten Hemd und einer schwarzen Lederweste.

»Bitte«, sagte Martin.

»Sie auch noch was?«, fragte der Wirt mich.

»Nein.«

»Wir haben frischen Nusskuchen.«

»Nein.«

Als wir das letzte Mal hier saßen, vor etwa zwei Jahren, hatte es auch frischen Nusskuchen gegeben, und schon das erste Stück war angeschimmelt gewesen. Der Wirt war rasend erstaunt und erklärte, das sei ihm ein Rätsel, der Kuchen sei wirklich blechfrisch. Ich hatte dieses Wort noch nie gehört und wiederholte es. »Superblechfrisch!«, sagte der Wirt daraufhin und brachte mir ein neues Stück, das ich schnell aufaß, bevor es älter wurde.

»Erinnerst du dich an unseren Freund aus dem Nebel?«, fragte Martin.

Er hieß Josef Singer und stammte aus dem niederbayerischen Deggendorf, dem größten Nebelloch der Welt, wie er behauptete. Vielleicht hatte er sich deshalb ein Hotel mit dem Namen »Aurora« ausgesucht, wo er seine neue Freundin traf, die schöne Annabelle, die eigentlich nur Anna hieß, sich aber, weil sie so schön war, Annabelle nennen ließ. Ihre Schönheit, fanden Martin und ich, war relativ, was keine Rolle spielte, weil es uns nichts anging, abgesehen davon, dass Annabelle, die als Schalterbeamtin in einem Postamt in Pasing arbeitete, von einem Tag auf den anderen spurlos verschwunden und von ihrer Schwester als vermisst gemeldet worden war. Zur gleichen Zeit erhielten wir von unseren niederbayerischen Kollegen ein Fernschreiben über einen Vermisstenfall Singer Josef. Wir brauchten einen Monat, um Annabelle zu finden und im selben Bett den endlich nebellosen Josef. Da sie beide erwachsen waren – Josef war zweiundsechzig, Annabelle einundfünfzig –, hatten wir keine Handhabe, sie zu ihren Familien zurückzubringen, zumal sie uns verboten, irgendjemandem ihren Aufenthaltsort zu nennen. Sie hatten sich im Hotel »Aurora« in der Herzogstraße eingemietet und nicht die Absicht, dort wieder wegzugehen, zumindest nicht, solange ihr Geld reichte. Josef hatte von zu Hause sechzigtausend Euro mitgebracht, die er sich von seiner Bank in kleinen Scheinen hatte ausbezahlen lassen, und Annabelles Ersparnisse beliefen sich auf knapp zwanzigtausend Euro. Der Bruder von Josefs Ehefrau drohte uns mit Gewalt, wenn wir ihm nicht verrieten, wo sein Schwager sich aufhielt, und Annabelles Schwester hörte nicht auf zu weinen, ohne dass wir verstanden, worüber, da die beiden Frauen nach allem, was wir herausgefunden hatten, keinen sehr engen und herzlichen Umgang gepflegt hatten. Man konnte es nicht anders sagen: Josef Singer war ein glücklicher Mensch. Jede Nacht, erzählte er uns, spaziere er mit seiner Geliebten durch die Großstadt und erfreue sich an den Lichtern, dem Treiben auf den Straßen und in den Kneipen und vor allem an der Nebellosigkeit. Dass es in München keinen Nebel gibt, sagte er immer wieder, das sei für ihn das Paradies. Und Annabelle putzte sich jeden Abend dermaßen heraus, als wäre sie zum Filmball im »Bayerischen Hof« eingeladen. Sie hatten für sich eine neue Welt erfunden, in ihrem Zimmer fünfundzwanzig des Hotels »Aurora«, und vielleicht war Martin im Recht, wenn er behauptete, die beiden hätten einen an der Waffel. Doch wer waren wir, dem Glück Vorhaltungen zu machen, es hatte die beiden erwählt, und wir Kriminalisten waren bloß ungebetene Zaungäste.

»Was denkst du, ist aus ihnen geworden?«, fragte Martin nach seinem zweiten Bier.

Ich wusste es nicht.

»Ich werd die Pächterin mal fragen«, sagte er. »Trinken wir noch was?«

»Wir sollten ein kurzes Gespräch mit ihrer Schwester führen«, sagte ich.

»Wir haben keinen Auftrag.«

»Das braucht sie ja nicht zu wissen«, sagte ich.

Die Lothringer Straße im Stadtteil Haidhausen war eine Einbahnstraße mit häuserhohen Pappeln auf der einen und Läden und Lokalen unterschiedlichster Art auf der anderen Seite. Außer einem italienischen Restaurant an der Ecke zur Pariser Straße gab es ein japanisches und gegenüber dem Haus Nummer eins, wo Carola Schild in einer Zahnarztpraxis arbeitete und auch wohnte, ein griechisches.

»Das Bier müssen wir probieren«, sagte Martin, der unseren Dienstwagen halb auf dem Bürgersteig parkte, weil weit und breit kein Platz frei war.

In der »Taverna Katerina« wurde Bier aus der Brauerei Erharting ausgeschenkt, die wir nicht kannten.

Als wir die Straße überquerten, roch die Luft nach Schnee.

»Sind Sie Frau Schild?«, fragte ich die Frau im weißen Kittel, die hinter der Theke saß und Karteikarten sortierte. Ich zeigte ihr den blauen Dienstausweis, den sie wortlos betrachtete, ehe sie nickte.

Aus der Toilette kam ein älterer Mann in einem grauen Mantel, den er umständlich zuknöpfte.

»Heut in einer Woche, Herr Benke, nicht vergessen, ja?«, sagte Frau Schild.

»Mal schauen«, sagte der Mann.

»Nicht mal schauen, kommen, Herr Benke!«

»Ich muss vielleicht verreisen.« Endlich hatte er den letzten Knopf geschafft, er stöhnte erleichtert.

»Sie müssen nicht verreisen, das weiß ich genau.«

»Grüß Gott, die Herren«, sagte er zu uns.

»Grüß Gott«, sagte ich.

»Grüß Gott«, sagte Martin.

»Ich trink jetzt erst mal einen Schnaps«, sagte Herr Benke.

»Das sollten Sie besser lassen«, sagte Frau Schild.

»Das geht schon in Ordnung«, sagte Martin. Zur Zeit der Prohibition wäre er garantiert Anarchist geworden.

»Sie haben doch eine Spritze bekommen, Herr Benke«, sagte Frau Schild.

»Deswegen trink ich einen Doppelten, damit ich was spür.« Mit eingezogenem Kopf verließ er die Praxis.

»Nie putzen, dann jammern«, sagte Carola Schild. Sie führte uns in ein kleines Büro, wo sie uns Kaffee anbot. Wir lehnten ab. Sie goss Kaffee aus einer weißen Kunststoffkanne in eine schwarze Tasse.

»Viel Zeit hab ich nicht«, sagte sie.

»Wir auch nicht«, sagte Martin so freundlich, wie es ihm bei seiner umfassenden Ärzteaversion möglich war.

Ich sagte: »Ihr Neffe ist verschwunden.«

»Timo?«

»Haben Sie noch einen anderen Neffen?«

»Nein«, sagte sie. »Was heißt ›verschwunden‹?«

»Weggelaufen«, sagte ich. »Seine Mutter hat ihn als vermisst gemeldet.«

»Susanne?«

»Das ist ihr Name«, sagte Martin, der den Reißverschluss seiner Daunenjacke aufgezogen hatte, unter der ein dürrer Körper in einem nicht unbedingt blechfrischen Rollkragenpullover zum Vorschein kam.

»Wann denn?«, fragte Carola. Abwesend stellte sie die Tasse auf den Tisch, ohne daraus getrunken zu haben.

»Gestern«, sagte ich. »Im Lauf des Nachmittags, anscheinend.«

»Gestern? Gestern Nachmittag hab ich mit ihr telefoniert, da hat sie nichts davon gesagt, dass sie Timo als vermisst gemeldet hat.«

»Nein«, sagte ich. »Gestern Nachmittag ist Timo verschwunden, heute hat sie ihn als vermisst gemeldet.«

»Ach so«, sagte sie.

Ich schwieg. Martin betrachtete die weißen Schränke und ließ seinen Blick über den Schreibtisch gleiten. Ich sah ihm an, wie unwohl er sich fühlte, er rieb sogar mit dem Finger über seine Zähne, als würden sie anfangen zu schmerzen.

»Guten Tag, wer sind Sie?«

In der Tür stand eine schmale Frau um die sechzig, mit kurz geschnittenen roten Haaren und einem kleinen Metallteil in der Hand, das aussah wie eine Bohrnadel.

»Kriminalpolizei«, sagte Martin, zog mit einer schnittigen Bewegung seinen Ausweis aus der Tasche und machte einen Schritt auf die Frau zu.

»Das ist Frau Doktor Zwerens«, sagte Carola Schild.

Die Zahnärztin sah uns an, als wären wir Tempelräuber, die in das Allerheiligste eingedrungen waren.

»Kennen Sie Timo Berghoff, den Neffen von Frau Schild?«, fragte Martin, seinen Ausweis weiter hochhaltend. Der Anblick einer Autoritätsperson im weißen Kittel versetzte ihn seit jeher in eine Art destruktiver Angriffslust, die er verabscheute und hinterher massiv hinunterspülen musste.

»Er ist mein Patient«, sagte Dr. Zwerens, ging an ihm vorbei, ohne ihn zu beachten, nahm aus einer Schublade einen kleinen Plastikbeutel und steckte den Metallstift hinein. »Den geben Sie dem Burmann mit, wenn er kommt, das ist Pfusch, das können Sie ihm sagen.«

»Mach ich«, sagte Carola.

»Der Junge ist verschwunden«, sagte Martin.

»Sind Sie auch von der Polizei?«, fragte mich die Zahnärztin.

»Ja«, sagte ich.

Sie gönnte mir einen Blick.

»Wann haben Sie ihn zum letzten Mal gesehen?«, fragte Martin.

»Da müsst ich auf der Karte nachschauen, ist das wichtig?«

»Ja.«

»Schauen Sie nach, Carola!« An der Tür blieb sie einen Moment stehen, direkt vor Martin. »Das nächste Mal fragen Sie mich, bevor Sie mein Büro betreten.«

»Entschuldigung, Frau Doktor«, sagte Carola. »Es war meine Schuld, ich hab die beiden ...«

Die Ärztin war schon auf dem Weg zurück ins Sprechzimmer. Kurz darauf hörten wir ein Surren und das Gurgeln von Wasser. Martins bleiches Gesicht glich einer Maske von Madame Tussaud.

»Wissen Sie, wann der Junge das letzte Mal hier war?«, fragte ich.

»Das ist mindestens zwei Monate her.«

»Und wann haben Sie ihn zum letzten Mal gesehen?«

»Am Wochenende.«

Ich schwieg.

Martin stand weiter in der Tür, abwechselnd den Flur und das Büro im Blick.

»Ich weiß nicht, wo er ist«, sagte Carola. An der Rezeption klingelte das Telefon. »Bitte entschuldigen Sie mich.« Sie ging hinaus.

»Sie hält zu ihrer Schwester«, sagte Martin. »Dein Plan ist nicht aufgegangen.«

Mittlerweile sackte seine Laune ins Unterirdische.

Ich fragte mich, was mein Plan gewesen war. Ich hatte Carola Schild angelogen, nichts weiter, ich dachte, sie würde uns eine Tür öffnen, hinter der vielleicht der Junge auftauchte, in nicht allzu großer Entfernung, sodass wir den Fall, der noch keiner war, lösen konnten, bevor wir in die Fahndung gingen, die Tage und Nächte dauern und Hunderte von Kollegen beschäftigen würde. Mein Plan war ein simpler Trick, und ich wusste nicht einmal, wieso ich mich dafür entschieden hatte. Vermutlich, weil die Aussagen der Mutter mich verärgert hatten, vermutlich, weil ich mir einbildete, sie treibe ein niederträchtiges Spiel mit ihrem eigenen Kind. Was für ein Spiel? Warum niederträchtig? Weshalb mischte ich mich in das

Leben dieser Familie ein, was wollte ich mir damit beweisen?

Ich stand in dieser Praxis und war mir sicher, auch Carola Schild sagte nicht die Wahrheit, auch sie wusste mehr über Timos Verschwinden, als sie zugab, genau wie seine Mutter, und ich hatte nicht das Recht, ihnen irgendetwas vorzuhalten. Ich war nur eifrig, sonst nichts, ich war nur in einer merkwürdigen Stimmung. Ähnlich wie Martin.

»Wir gehen«, sagte ich.

Sofort zog Martin den Reißverschluss seiner Jacke hoch.

Als wir auf die Straße traten, fielen dicke weiße Flocken aus den grauen Wolken. Wir legten den Kopf in den Nacken und öffneten den Mund wie Kinder und blieben regungslos stehen.

Wir waren die einzigen Gäste in der griechischen Taverne, und nachdem Martin zwei Helle aus Erharting getrunken hatte, fand er seine Sprache wieder. Ich hatte in der Zwischenzeit von einer Telefonzelle am Weißenburger Platz aus im Dezernat angerufen, um mich zu erkundigen, ob Susanne Berghoff sich noch einmal gemeldet hatte, was nicht passiert war.

»Schaff dir doch endlich mal ein Handy an!«, sagte die Kollegin in der Zentrale.

»Wozu?«, sagte ich.

»Dann brauchst du nicht immer in kalten Telefonzellen rumstehen und versuchen mit abgelaufenen Telefonkarten zu telefonieren.«

Eine halbe Minute nachdem ich angerufen hatte, war das Gespräch abgebrochen, und ich musste mir in einem nahe gelegenen Kiosk eine neue Karte besorgen.

»Du hast Recht«, sagte ich zu der Kollegin. Martin und ich waren die Einzigen im Dezernat, die kein Mobiltelefon besaßen.

Dann rief ich Sonja an: »Wie gehts Ihnen?«

»Schlecht.«

»Brauchen Sie was?«

»Eine Gesundheit.«

»Die wird kommen.«

»Danke für Ihr Mitgefühl.«

»Bis Freitag müssen Sie wieder fit sein«, sagte ich.

»Ich hasse Weihnachtsfeiern.«

»Sie müssen aber hin.«

»Warum?«, fragte sie.

»Weil Sie neu in der Vermisstenstelle sind und eine kurze Rede halten müssen.«

»Das ist erst recht ein Grund nicht hinzugehen.«

Bis heute bin ich froh, dass sie damals trotzdem hingegangen ist, trotz ihrer angeschlagenen Gesundheit und der Ansprache, um die sie nicht herumkam.

»Wir müssen den Ehemann anrufen«, sagte Martin, als ich mit Schneeresten in den Haaren und dem Geruch von Glühwein in der Nase wieder neben ihm Platz nahm. »Wenn dem Jungen was passiert ist, sind wir fällig.«

Ich bestellte ein Glas Rotwein. Martin rauchte. Wir saßen an einem Fensterplatz und sahen hinaus auf die Lothringer Straße. Es war kurz vor sechzehn Uhr, und es wurde schon dunkel. Die Passanten verwandelten sich in vermummte Gestalten, die vorübereilten und manchmal Kinder, manchmal Hunde hinter sich her zerrten. Im Modegeschäft neben dem Toreingang, durch den man zur Praxis von Frau Dr. Zwerens gelangte, zielten Scheinwerfer auf zwei Schaufensterpuppen, von denen die eine ein rotes, die andere ein grünes Kleid trug.

»Möge es nützen!«, sagte Martin und hob sein Glas. Wir stießen an und tranken. Der Wirt unterhielt sich mit seinem jungen Kellner. Leise griechische Musik spielte, und lautlos fielen die Flocken gegen die Fensterscheibe.

Ich strich mir die feuchten Haare aus dem Gesicht und verscheuchte Erinnerungen.

»Schon wieder fast ein Jahr um«, sagte Martin.

Ich schwieg.

Auch Martin sagte lange Zeit nichts. Dann trank er das Glas leer und stellte es an den Tischrand.

4 Natürlich konnten wir nicht ins Dezernat zurückkehren und Timo Berghoff vergessen. Auch ohne konkrete Anzeige waren wir verpflichtet, die Spur des Jungen zu verfolgen, ohne die Privatsphäre seiner Angehörigen zu verletzen – und möglicherweise seine eigene.

»Und wie stellst du dir das jetzt vor?«, fragte mein Kollege Wieland Korn vom Landeskriminalamt am Telefon. »Soll ich ein Fernschreiben rumschicken oder soll ich die Direktionen anrufen und ihnen sagen, wir hätten da eine Bitte, wenns keine Umstände macht? Wie jetzt?«

Seit Korn im LKA für die Koordination bayerischer Vermisstenfälle zuständig war, geriet ich regelmäßig in Erklärungsnot.

»Kein Fernschreiben«, sagte ich. »Wir formulieren ein kurzes Fax mit der Bitte an die Kollegen, die Augen offen zu halten, speziell im südlichen Raum.«

»Ist recht, Süden«, sagte Korn.

Über jeden Vermisstenfall, egal, ob es sich um einen Erwachsenen oder ein Kind handelte, mussten wir das LKA informieren, dessen Vermisstenstelle den Fahndungsapparat in Gang brachte. Korn und seine Kollegen gaben die Daten ins INPOL-System ein, wo diese automatisch mit der BKA-Datei VERMI/UTOT vernetzt wurden, damit die Kollegen die aktuellen Angaben mit denen von bereits Vermissten und aufgefundenen unbekannten Toten vergleichen konnten. Gleichzeitig schickte das LKA Sammelfernschreiben an örtliche Inspektionen und setzte – vor allem wenn es um ältere suizidgefährdete Menschen ging, deren Vermissung nicht länger als einen Tag zurücklag – RUFUDUS auf, Rundfunkdurchsagen für die hiesigen Medien. Unsere Aufgabe als zuständige Kommissare in den Dezernaten war es, so viele und exakte Details wie möglich zusammenzutragen, Vernehmungen durchzuführen, Zahnschemata und ähnliche zur Identifikation notwendige Unterlagen zu besorgen und Formulare auszufüllen, in denen wir besondere körperliche Merkmale und spezielle Vorlieben hervorhoben und die die Beschreibung der Kleidung, Hinweise auf mögliche Aufenthaltsorte und gewisse Gewohnheiten sowie Gründe, Zeitpunkt und Ort, eventuell auch die Umstände des Verschwindens beinhalteten.

Alles, was wir herausfanden, gaben wir ans LKA weiter, das Art und Umfang der Fahndung bestimmte. Wir waren die Soldaten eines großen unvermeidlichen Papierkriegs, der durch die Installierung neuer, noch schnellerer Computersysteme nur an andere Fronten verlagert worden war. Jedenfalls aus meiner Sicht.

Sollte es stimmen, was meine Vorgesetzten und einige Presseleute hartnäckig behaupteten, dass ich nämlich im Laufe meiner zwölfjährigen Arbeit in der Vermisstenstelle des Dezernats 11 den einen oder anderen Erfolg aufzuweisen hätte, weil es mir gelungen war, in die »Zimmer« von Menschen vorzudringen, die sie bis dahin sogar vor sich selbst fest verschlossen gehalten hatten, und damit ein komplexes Vermisstenschicksal aufzuklären, so war ich überzeugt, dass dieser Erfolg – sofern es sich nicht doch eher um Glück handelte – auf nichts anderes zurückzuführen war als auf eine gewisse Sturheit und Schweigefähigkeit, unabhängig aller elektronischen Kavallerie.

So veraltet der Gebrauch von Fernschreiben in Zeiten der E-Mails anmutete, so altmodisch blieb ich bei meiner Methode der unbedingten Anteilnahme. Ich folgte keinem Programm, ich hatte meine Lehrjahre nicht dazu benutzt, mein eigenes System mit dem der Polizei zu synchronisieren oder bewusst eine andere persönliche Strategie gegen die sturen Vorschriften der Bürokratie zu entwickeln. Ich versuchte nur, einige Regeln für mein Handwerk herauszufinden und auf ihnen Tag für Tag aufzubauen, seltsam unbeirrt von Zweifeln und Verzweifeln, getrieben vom bescheidenen Hochmut eines Eremiten, der begriffen hat, dass seine Einsamkeit eine Behausung ist wie jede andere, nur eben die ihm vollkommen angemessene. Und das war mein Ziel: Ein mir angemessener Einzelner zu bleiben, in einem Beruf, der auf Teamgeist und ständiger Kommunikation basiert. Und je länger ich meine Funktion als Staatsbeamter erfüllte, desto leichter fiel mir mein Sosein und desto schwerer fiel es den meisten meiner Kollegen mit mir umzugehen.

»Kann ja alles sein«, fuhr Wieland Korn fort, »aber wahrscheinlich wär es vernünftiger, du würdst dich ans Telefon hängen und die Kollegen selber anrufen. Wie wär das? Praktisch inoffiziell. Hast du eine Ahnung, wie viele Fernschreiben die jeden Tag kriegen, von uns, vom BKA, und von euch auch? Süden, du tust mir und den Kollegen einen großen Gefallen, wenn du erst mal abwartest. Soweit ich das verstanden hab, ist der Kleine ausgebüchst, schlimm, aber normal. Bleib ruhig, Süden, du bist doch lang genug dabei, du weißt, wie solche Fälle ausgehen, erst machen die Eltern einen Aufstand und hinterher wollen sie uns so schnell wie möglich wieder loswerden, weißt du doch alles.«

»In diesem Fall machen sie keinen Aufstand«, sagte ich.

»Das ist der Punkt.«

»Das hab ich kapiert, Kollege. Die Frau hat dich nur angerufen, aber: Ist das kein Aufstand? Du fährst zu der hin, und sie sagt dir nichts. Sie braucht jemand zum Reden, okay, da ist sie bei dir an eine gute Adresse geraten, hat sie Massel gehabt, ein anderer Kollege hätt sich keine fünf Minuten mit der abgegeben. Und jetzt muss ich weitermachen, wir haben hier noch ein paar weggelaufene Weihnachtsmänner, jedes Jahr das Gleiche, kaum wirds Advent, schon brennen bei denen die Sicherungen durch. Irgendwie glauben die, vor Weihnachten schaffen sie es abzuhauen, die Frauen heulen und werden hysterisch, die Kinder bringen keinen Ton mehr raus und nach vier Tagen taucht der Gatte wieder auf, volltrunken und stinkend vor Selbsthass. Was willst du da machen? Bist du eigentlich inzwischen verheiratet, Süden?«

»Nein«, sagte ich.

»Ich auch nicht«, sagte Korn. »Ich hab eine neue Freundin, die gefällt mir, arbeitet im Landratsamt. Wir haben getrennte Wohnungen, wir treffen uns am Wochenende, das ist das Beste für uns beide. Okay, wenns was Neues gibt, meld dich, und ansonsten: Ruhe bewahren in der Weihnachtszeit!«

Was hatte ich erwartet? Jedes Jahr stieg die Zahl der Vermissten in den letzten beiden Monaten rapide an, und auch wenn selten dramatische Fälle darunter waren, so mussten wir alle Anzeigen bearbeiten und alle Spuren verfolgen, was gerade bei Kindern und Jugendlichen oft kompliziert war, da deren Freunde, vielleicht aus einer adventlichen Solidarstimmung heraus, noch stärker zusammenhielten als sonst und sich extrem auskunftsunfreudig verhielten.

Und dann kam ich daher und wollte einen Jungen auf eigene Faust suchen lassen, während die Mutter nichts weiter als einen »Aufstand« machte.

»Tun sie was?«, fragte Martin.

»Nein«, sagte ich.

»Servicewüste, wohin man schaut.«

In gewissem Sinn war das Landeskriminalamt tatsächlich eine Servicedienststelle für die örtlichen Dezernate. Ohne die Landesbehörde in der Maillinger Straße würde die Arbeit unserer Vermisstenstelle in Chaos versinken oder sich ein Fall über Monate hinziehen, weil wir völlig überlastet wären.

»Was machst du heut Abend?«, fragte Martin.

Ich wusste es nicht.

»Gehen wir ins Kino?«

»Warum nicht?«

»In der Spätvorstellung im ›Arena‹ läuft ›Jackie Brown‹.«

»Habe ich schon gesehen.«

»Ich auch. Na und? Großartiger Film, besser als ›Pulp Fiction‹, find ich.«

»Warum?«

»Was?«

»Warum ist er besser als ›Pulp Fiction‹?«

»Er ist ... was Eigenes, kein Abklatsch vom ersten ... ironisch, witzig, starke Typen ...«

»Verstehe, Cineast«, sagte ich.

»Und diese Frau, die Schwarze, Pam ... Pam ...«

»Pam Prier.«

»Pam Grier«, sagte eine Stimme hinter mir. In der Tür stand Freya Epp, unsere junge Oberkommissarin mit der roten Brille, hinter deren dicken Gläsern ihre braunen Augen unnatürlich groß wirkten. »Sie heißt Pam Grier. Und wie heißt der Typ, in den sie sich verliebt?«

Ratlos hofften Martin und ich auf Erlösung. Dann sagte Martin: »Samuel Jackson.«

»Nein«, sagte Freya. »Das ist der Waffenschieber, mit dem sie Geschäfte macht und den sie dann austrickst.«

»Stimmt«, sagte ich.

»Michael Keaton«, sagte Martin.

»Nein«, sagte Freya. »Das ist der Polizist, den sie reinlegt. Ich mein den Liebhaber, den älteren Kerl ...«

Martin schaltete seinen Computer aus und ich schüttete den Rest Kaffee aus der Tasse in den Ausguss. Freya wartete auf eine Antwort.

»Sags uns!«, sagte Martin.

»Robert Forster.«

Ich sagte: »An den Namen kann ich mich überhaupt nicht erinnern.«

»Ihr solltet euch den Film dringend noch mal anschauen«, sagte Freya. Das Telefon klingelte, und weil sie direkt daneben stand, nahm sie den Hörer ab.

»Vermisstenstelle, Epp ... Ja, Moment ...« Sie reichte mir den Hörer. »Eine Frau Berghoff.«

»Süden«, sagte ich.

Anstatt uns Robert Forster anzusehen, brachen wir in Richtung Perlacher Forst auf.

Nachdem wir in dichtem Schneetreiben quer durch die Stadt gefahren waren, erreichten wir die Fasangartenstraße, von der wir links abbiegen mussten, um zum Falkenweg zu gelangen, wo die Familie Berghoff wohnte. Wahrscheinlich hatten wir vom Dezernat aus nicht gerade die kürzeste Strecke genommen, doch bei diesen Wetterverhältnissen und Martins schleppendem Fahrstil spielte es keine Rolle, wie lange wir brauchten. Die Fahrzeuge krochen dahin und stauten sich an den Kreuzungen, Straßenbahnen blieben stecken, und wegen Auffahrunfällen kam es zu kuriosen Ausweichmanövern, die die Blechknäuel noch vergrößerten.

Den Kopf nach vorn gestreckt, saß Martin hinter dem Lenkrad, stoisch wie bei einer Meditation, fuhr Hunderte von Metern im ersten Gang, ließ sich von keinem Hupen, keinem Aufblendlicht aus der Ruhe bringen, hupte gelegentlich selbst, aber nicht, weil er es plötzlich eilig gehabt hätte, sondern, so schien mir, um einen schüchternen Beitrag zum allgemeinen Konzert zu leisten. Ich saß wie immer auf der Rückbank hinter dem Beifahrersitz und dachte an den Jungen, dessen Vermissung in der Statistik die Nummer achthunderteinundzwanzig haben würde. So viele Kinder unter dreizehn Jahren waren in diesem Jahr bereits verschwunden gewesen und bis auf fünf inzwischen alle wieder bei ihrer Familie. Unter den jugendlichen Ausreißern war eine große Zahl von Dauerläufern, die regelmäßig verschwanden und nach einigen Wochen freiwillig zurückkehrten oder von Streetworkern und Sozialarbeitern der Polizei übergeben wurden, die sie dann nach Hause brachte, bis zum nächsten Mal. Ich kannte viele dieser Dauerläufer, ich hörte mir ihre Geschichten an, die alle ähnlich klangen, ähnlich banal, ähnlich verzweifelt. Manche suchten ein Abenteuer, wollten testen, wie weit sie gehen konnten, wie ihre Eltern reagieren würden, waren auf der Suche nach Grenzen, von denen sie nur eine vage Vorstellung hatten, viele ertrugen die alltägliche Verlogenheit in ihrem Elternhaus nicht länger, manche suchten Geborgenheit oder, wie sie es ausdrückten, echte Gefühle und echte Worte und echte Berührungen, nicht bloß ein Tätscheln oder einen Fünfzig-Euro-Schein für gute Noten. Auf der Suche nach etwas anderem, dem wahren Leben, waren sie alle, und wenn ich sie fragte, was genau sie darunter verstehen würden, erwiderten sie: Kumpels haben, was trinken und losleben, über Los gehen und losleben, genauso, los über Los.

Los über Los.

Ich wusste genau, wovon sie sprachen, aber das durfte ich ihnen nicht sagen, denn ich war Polizist und stand auf der anderen Seite der Straße und hielt ein Stopp-schild hoch. Außerdem hätten sie mich sowieso bloß aus-gelacht.

Und diejenigen unter dreizehn, die in einer Extrastatistik registriert wurden, flüchteten aus Angst vor elterlicher Gewalt oder weil sie den Älteren etwas beweisen wollten oder weil sie nicht mehr kindhaft genug waren, um sich von gefälschten Worten und Gesten täuschen zu lassen. Oder sie verschwanden, weil sie in die Hände eines Ver-brechers geraten waren.

Timo Berghoff war weggelaufen, weil seine Mutter ihn krankenhausreif geprügelt hatte. Angeblich.

Und nun hatte er sich gemeldet. »Sie müssen sofort kom-men!«, hatte Susanne Berghoff am Telefon gesagt und geweint. Auf welche Weise er sich gemeldet hatte, hatte sie nicht sagen wollen, vor lauter Schluchzen hatte sie kaum Luft bekommen.

»Wo sind wir hier?«, fragte ich.

»Deine Heimat«, sagte Martin. »Giesing.«

Ich sagte: »Das ist hier nicht mehr Giesing.«

»Selbstverständlich!«

Draußen war nahezu nichts zu erkennen, fette Flocken klatschten gegen die Scheiben, und wir standen in einem langen Stau, der in einem weißen Nichts endete.

Auf unerklärlichen Wegen erreichten wir die Fasan-gartenstraße, und bei einer Geschwindigkeit von unge-fähr fünfundzwanzig Stundenkilometern gelang es mir trotz der miserablen Sicht die Abzweigung zur Albert-Schweitzer-Straße nicht zu verpassen.

»Jetzt links!«

Martin riss das Lenkrad herum, der Opel drehte sich und rutschte quer über die schneebedeckte Straße. Dann stießen die Vorderräder gegen eine unsichtbare Verkehrsinsel, der Wagen ruckte, geriet in Schräglage, wechselte die Richtung und glitt auf die Bäume und Sträucher neben der Straße zu.

»Scheiße!«, sagte Martin.

Dem war wenig hinzuzufügen.

»Hm«, machte ich.

Er hielt das Lenkrad fest, eine sinnlose Aktion. Wie von einem Seil gezogen, peilte das Auto den nächstbesten Baum an. In kurzen Abständen trat Martin aufs Bremspedal, bewegte das Lenkrad sacht nach links, bremste wieder und schaffte es auf diese Weise, dass wir nur zwischen Sträuchern landeten. Der Motor starb ab. Martin lehnte sich zurück.

»Scheißgegend«, sagte er.

»Nicht mehr Giesing«, sagte ich.

Die Heizung auf Höchststufe geschaltet, fuhren wir weiter. Nur wenige Autos kamen uns entgegen, und der Schneefall ließ nicht nach.

»Wo müssen wir ab?«, fragte Martin.

»Bussardstraße.«

Wir fanden die Straße, und ich hielt Ausschau nach dem Falkenweg, der laut Stadtplan, den ich mir im Büro angesehen hatte, links von der Bussardstraße abzweigte.

Stattdessen befanden wir uns in der Fasanenstraße. Wir kehrten um, in Zeitlupe, da unser Dienstwagen offenbar nicht nur keine Winterreifen, sondern zudem enorm abgefahrene Sommerreifen hatte.

»Halt an!«, sagte ich. »Wir gehen zu Fuß.«

Anschließend gingen wir eine Viertelstunde zu Fuß. Vorbei an Hochhäusern, merkwürdig ineinander verschachtelten, stufenartig konstruierten Bungalows mit kleinen Fenstern und Holzverkleidung, vorbei an einem Park mit kahlen Buchen, Birken, Linden und mit Nadelbäumen, an einer Grund- und Hauptschule, an einem Hort, an einem asiatischen Restaurant. Und nirgendwo der Falkenweg.

»Entschuldigung!«, rief ich einer Frau hinterher, die mit einer Sporttasche auf den Eingang eines der gedrungenen einstöckigen Häuser zueilte. Sie achtete nicht auf uns. »Entschuldigung. Polizei!«

Sie schien nichts zu hören, was vielleicht an der fellbesetzten Kapuze lag, die sie über den Kopf gezogen hatte. Bevor sie aufsperrte, holte ich sie ein.

»Wir suchen den Falkenweg«, sagte ich und hielt meinen blauen Dienstausweis ins Schneetreiben.

»Der ist da hinten«, sagte die Frau und zeigte erst nach links und dann nach rechts, um die Flachbauten herum.

»Da waren wir schon, wir haben ihn nicht gefunden«, sagte ich.

»An der Ecke vorn ist ein kleines Schild, bei der Schule«, sagte die Frau, warf mir einen hektischen Blick zu, klopfte den Schnee von den Schuhen ab und öffnete die

Haustür. »Da hinten, am besten, Sie gehen vorn über die Hauptstraße.«

»Aber Sie haben gerade in die andere Richtung gezeigt.«

»Über die Hauptstraße ist es wahrscheinlich leichter.«

Zehn Minuten später irrten wir noch immer durchs Viertel. Als wir ein Schild sahen, auf dem »Sommerstraße« stand, war uns klar, dass wir uns verirrt hatten.

»Tut mir Leid, den Falkenweg kenn ich nicht«, sagte eine Passantin.

»Falkenweg? Kenn ich! Aber wo ist der jetzt? Der ist schon irgendwo hier ...«

»Ja, bei der Schule, die Schule ist ... So ein Schnee plötzlich ... die Schule, da müssen Sie da lang ...«

»Da gibts ein kleines Schild, diese Richtung, das ist eine Einbahnstraße, da gehen Sie rein, Elsterstraße, glaub ich ...«

Elsterstraße. Wir fanden sie, balancierten über den glitschigen Schnee und erreichten den Falkenweg, ohne zu begreifen, wieso wir ihn nicht schon längst gefunden hatten. Er verlief entlang einer langen Reihe identisch aussehender, ineinander übergehender einstöckiger Häuser, eine Bauweise, mit der sich ein Architekt in dieser Gegend anscheinend eine goldene Nase verdient hatte. Hinter fast allen Fenstern, von denen manche vergittert waren, brannte Licht, aber ich hatte den Eindruck, dass dort auch im Sommer am helllichten Tag welches brennen musste, weil durch die kleinen rechteckigen Fenster wenig Licht einfiel. An einigen Türen hing ein Adventskranz, an einigen Fenstern leuchteten Weihnachtssterne und Girlanden. Das Haus Nummer siebenunddreißig grenzte an eine Hecke, es war das letzte oder erste Haus der Reihe, und ich warf einen Blick auf die Straße, die auf der anderen Seite vorüberführte. Gegenüber befanden sich die Gebäude der katholischen Pfarrgemeinde und daneben das asiatische Restaurant, vor dem wir schon gestanden hatten. Verwirrendes Unterhaching.

»Da sind Sie ja endlich!«, sagte Susanne Berghoff.

Wir gingen durch einen schmalen Flur mit ordentlich aufgereihten Kinderschuhen unter Mänteln und Jacken an einer Garderobenleiste. Es roch nach Parfüm, und auf dem rechteckigen Holztisch im Wohnzimmer standen eine Rotweinflasche und drei Gläser. Sonst war der Tisch leer, abgesehen von einem Zettel, der auf der Holzplatte lag.

»Bitte setzen Sie sich!«

Martin setzte sich auf einen der drei Holzstühle, die sowohl ein Sitz- als auch ein Rückenkissen hatten.

»Ich stehe lieber«, sagte ich.

Ich strich die nassen Haare nach hinten und wischte mir übers Gesicht.

»Das ist da draußen ja schlimm!«, sagte Susanne Berghoff. Sie trug ein dunkles Hauskleid, das ihren Körper sehr mager erscheinen ließ, und dicke Wollsocken, keine Schuhe. Das Zimmer und der Flur waren mit Teppichen ausgelegt.

Sie brachte uns zwei Handtücher, und wir trockneten uns ein wenig ab.

»Das ist sehr freundlich, dass Sie gekommen sind, ich bin sehr froh.« Sie schenkte Wein in die Gläser und ihre Hand zitterte dabei.

»Was ist mit Timo, Frau Berghoff?«, fragte ich.

Sie reichte uns die Gläser.

»Zum Wohl!« Sie nippte an ihrem Glas und stellte es sofort auf den Tisch zurück.

Obwohl es warm im Zimmer war, fing ich an zu frieren. Vielleicht mehr aus Ungeduld als wegen der nassen Schlieren, die über meinen Rücken liefen.

»Er hat mir einen Brief geschrieben«, sagte Susanne.

Ich stellte mein Glas auf den Tisch und deutete auf den Zettel. Sie nickte. Ich fasste das DIN-A5-Blatt an einer Ecke an und drehte es herum. Der Text war knapp und in ungelenker Handschrift abgefasst.

Liebe Mama, mir gehts gut, mach dir keine Sorgen, ich komm schon mal wieder, dein Timo.

»Fehlerfrei«, sagte ich.

Sie schien nicht zu begreifen, was ich meinte. Ich legte den Brief vor Martin auf den Tisch.

»Ihr Sohn ist gut in Orthografie«, sagte ich.

Wie schon im Hotel rieb sie die Finger aneinander. Regungslos stand sie mir gegenüber.

»Hat *er* das geschrieben?«, fragte ich.

»Ja ... ja ...«

»Sind Sie sicher?«

»Natürlich«, sagte sie. »Ich bin sicher, natürlich. Wer denn sonst? Wer soll das denn sonst geschrieben haben?«

»Ist das Timos Handschrift?«, fragte Martin, der den Zettel nicht berührt hatte.

»Ja doch!«

Sie wollte zum Weinglas greifen, ließ es aber sein.

»Wie haben Sie den Brief bekommen?«, fragte ich.

»Er steckte in der Tür, als ich nach Haus gekommen bin, in der Tür, in der Haustür, zusammengefaltet, deswegen ... deswegen ist er so zerknittert, in der Tür hat er gesteckt ...«

»Zeigen Sie's mir«, sagte ich.

Sie zögerte.

Martin trank sein Glas leer.

»Hier, genau hier«, sagte Susanne Berghoff, nachdem wir zur Haustür gegangen waren. Sie zeigte auf eine Stelle unterhalb des Schlosses.

»Sind Sie sicher?«

»Warum fragen Sie das dauernd?«, sagte sie laut.

»Wann sind Sie nach Hause gekommen?«

»Ich will wissen, warum Sie denken, ich lüg die ganze Zeit, warum denken Sie das?«

Ich sagte: »Ich bin ein misstrauischer Polizist.«

Sie sah mich an und an mir vorbei zum Falkenweg, und der Wind wehte uns Flocken ins Gesicht.

»Ich hab Sie mir ganz anders vorgestellt.«

»Das haben Sie schon gesagt.«

»Und es stimmt auch.«

»Wann sind Sie nach Hause gekommen, Frau Berghoff?«

»Um sieben, kurz nach sieben«, sagte sie. »Ich habs nicht mehr ausgehalten im Hotel, ich hab den Herrn Gebsattl angerufen, der eigentlich Urlaub hat, und hab ihm gesagt, er muss kommen, er arbeitet seit fünfzehn Jahren als Portier bei uns, er ist oft krank, deswegen hab ich noch zwei andere Mitarbeiter an der Rezeption ... Er ist gleich gekommen, so ist er, und ich bin gleich gefahren ...«

»Kurz nach sieben«, wiederholte ich. »Und der Zettel steckte genau hier.«

»Ja! Ja! Mir ist kalt.«

»Mir auch«, sagte ich.

»Bitte?«, sagte sie und sah mich zum wiederholten Mal verwirrt an.

Wenn ein Erwachsener den Zettel hinterlegt hätte, hätte er ihn an einer anderen Stelle deponiert, höher, oberhalb des Schlosses. Es musste ein Kind gewesen sein. Was aber bedeutete das? Hatte sich Timo hierher geschlichen? Er hätte riskiert gesehen zu werden, zudem musste er damit rechnen, dass seine Mutter zu Hause geblieben war, um auf ihn zu warten. Trotzdem war diese Möglichkeit nicht auszuschließen. Vielleicht hatte ihn jemand aus der Nachbarschaft gesehen und sich nichts dabei gedacht, denn niemand wusste, was geschehen war.

Falsch. Diese Häuser waren derart ineinander verschraubt, dass jeder Nachbar mehr mitbekam, als ihm angenehm sein konnte. Wenn Timo den Brief in den Türspalt gesteckt hatte, gab es einen Zeugen, da war ich mir sicher.

Und wenn es Timo nicht selbst gewesen war?

»Haben Sie mit Ihrem Mann telefoniert?«, fragte ich.

Sie blickte zu Boden und schüttelte den Kopf.

»Frau Berghoff?«

Sie sah mich an.

»Was ist?«

Sie schlug die Hände vors Gesicht und presste sie so fest dagegen, dass das Blut aus ihren Fingerkuppen wich. Sie röchelte und hörte nicht mehr damit auf, als wäre sie kurz vorm Ersticken. Ihr Körper zitterte, zwischen ihren Fingern rannen Tränen und tropften vom Kinn auf den Boden.

5

Während Martin versuchte, mit Susanne Berghoff, die sich nach einem zweiten Glas Wein langsam beruhigte, eine erste vorläufige Vermisstenanzeige aufzusetzen, mit Angaben über Aussehen, Kleidung und bestimmte Eigenschaften des Jungen, ging ich im nachlassenden Schneetreiben von Tür zu Tür. Auf einigen Terrassen standen Tonkrüge mit vertrockneten Zweigen oder Latschen, an denen goldenes Lametta hing. An manchen Fenstern brannten elektrische Kerzen, die warmes Licht simulierten.

»Der ist ein kleiner Rumtreiber«, sagte Herr Färber. »Ich hab ihn schon länger nicht mehr gesehen, ich bin aber auch viel weg, komm erst abends heim.«

»Heute haben Sie ihn also nicht gesehen?«

»Nein, ich bin grad erst gekommen.«

»Und Ihre Frau?«

Herr Färber ließ mich an der Tür stehen. Ich hatte den Kragen meiner Lederjacke hochgeschlagen und mir alle paar Meter den Schnee von den Schuhen geklopft. Vermutlich würde ich morgen so krank sein wie Sonja Feyerabend.

»Sie hat ihn auch nicht gesehen«, sagte Herr Färber, dessen weinrote Weste selbst gestrickt wirkte.

Auf der nächsten Terrasse standen mehrere Gartenzwerge, einer schob einen Schubkarren, einer hielt einen Rechen in der Hand.

»Polizei?«, fragte die Frau mit der weißen Schürze und der Brille mit dem verbogenen Gestell.

»Haben Sie Timo Berghoff heute schon gesehen?«, fragte ich.

»Nein, ist was passiert?«

»Das wissen wir nicht.«

»Das ist ein Rumtreiber, ein ungezogener Rumtreiber. Er ist nicht der Einzige.«

»Was meinen Sie damit?«

»Die Kinder hier, die sind so ...«

»Darf ich Ihren Namen erfahren?« An der Tür hing kein Schild.

»Gilda Redlich. Mein Mann ist nicht da.«

»Ich spreche auch gern mit Ihnen.«

»Kann ich den Ausweis noch mal sehen?« Sie hielt ihn sich nah vor die Brille. »In Ordnung. Wollen Sie reinkommen?«

Wenn Sie gut geheizt haben, sagte ich nicht. Ich sagte: »Danke.«

Das Wohnzimmer sah genauso aus wie das der Familie Berghoff, zumindest kam es mir so vor. Holztisch, Holzstühle, Holzbank, Glasschrank, kleine Landschaftsbilder an der Wand, Teppichböden, Ruhe und Ordnung.

»Setzen Sie sich!«

»Ich stehe lieber«, sagte ich.

Gilda Redlich nahm die Schürze ab, ließ sie auf einen Stuhl fallen, betrachtete mich und verzog den Mund.

»Ja?«, sagte ich.

»Nichts«, sagte sie. »Ich schau Sie an.«

»Das sehe ich.«

Sie schaute mich weiter an. Ich schätzte sie auf Ende

vierzig, sie hatte dunkelbraune halblange Haare, die ebenso strähnig herunterhingen wie meine, und breite Hüften, die besonders auffielen, weil sie einen Rock trug, der ihr deutlich zu eng war. Darüber hatte sie eine grüne Bluse an, die über den Rock fiel und nur unwesentlich zugeknöpft war, sodass es zu spät war, meinen Blick an ihrem weißen BH vorbeizulenken.

»Übles Wetter draußen«, sagte ich in einem Kraftakt von Zerstreuung.

»Winter halt«, sagte sie.

Ich betrachtete die Leere des Tisches.

»Möchten Sie was trinken?«, fragte Gilda Redlich.

»Unbedingt.«

»Bier?«

»Ja.«

Sie ging in die Küche, ich wischte mir übers Gesicht und zog den Reißverschluss meiner Jacke auf.

Wir tranken aus schlanken Gläsern und setzten uns an den Tisch. In der Küche hatte sie zwei Knöpfe an ihrer Bluse geschlossen.

»Haben Sie Timo heute schon gesehen?«, fragte ich zum ungefähr siebten Mal in der vergangenen halben Stunde. Bisher hatte ihn keiner gesehen und auch sonst niemanden an der Tür der Berghoffs.

»Nein«, sagte Gilda. »Gestern oder vorgestern. Er kam von der Schule, er hat wieder in der Gegend rumgeballert.«

»Wie geballert?«

»Mit seiner Pistole, er hat eine Pistole, die Krach macht und Kugeln rausschießt.«

»Was für Kugeln?«

»Kleine silberne Kugeln, aus Kunststoff. Kann ganz schön wehtun, wenn Sie im Gesicht getroffen werden.« Sie hatte einen guten Zug, ihr Glas war bereits leer.

»Timo schießt den Leuten ins Gesicht?«, sagte ich.

»Manchen Leuten.«

Sie sah mein Glas an und ich trank es leer. Gilda stand auf. »Noch eins?«

»Ja.«

Jetzt bemerkte ich den etwa einen Meter hohen Christbaum in der Ecke neben dem Holzschrank mit den Glastüren, silberne Kugeln baumelten daran und auf der Spitze saß ein weißer Engel.

»Den stell ich jedes Jahr auf«, sagte Gilda, die mit einem Tablett hereinkam, auf das sie vier Flaschen und zwei frische Gläser gestellt hatte. Sie schenkte ein und schob mir das Glas hin. »Prost ... Wie war Ihr Name?«

»Tabor Süden.«

»Genau.« Sie trank. Dann lächelte sie für einen Augenblick, und es war eine große Verlassenheit in diesem Lächeln.

»Auf wen schießt Timo am liebsten?«, sagte ich. Das Bier schien in meinem Magen zu gluckern, ich hatte Hunger und spürte den Alkohol.

»Wissen Sie das nicht?«, sagte sie. »Waren Sie noch nicht drüben?«

»Doch«, sagte ich. »Mein Kollege ist gerade bei Timos Mutter.«

Dann schwieg ich. Gilda umklammerte das Glas mit

beiden Händen, bevor sie einen neuen Schluck nahm und mich erwartungsvoll ansah.

»Er schießt auf seine Mutter?«, sagte ich.

Sie wartete einen Moment mit ihrer Entgegnung. »Er schießt nicht auf seine Mutter. Er ballert auf sie.«

Nach einer Weile sagte ich: »Und sie schlägt ihn dann.«

Auch Gilda sprach nicht sofort weiter. »Sie schlägt ihn, und am nächsten Tag ballert er auf jemand anderen.«

Wir tranken. Es war angenehm, in diesem warmen Zimmer zu sitzen, umgeben von schneeiger Stille. Vielleicht war es auch die Stille des Eremiten.

»Wann kommt Ihr Mann nach Hause?«

»Warum fragen Sie das?«

»Vielleicht hat er Timo heute gesehen«, sagte ich.

»Das ist unwahrscheinlich.« Ihr Glas war leer, und sie legte die Hand flach darauf. »Mein Mann ist tot. Ich hab Sie vorhin angelogen.«

Wir schwiegen.

»Was ist passiert?«, sagte ich.

»Hubschrauberabsturz«, sagte sie. »Vor einem Jahr. Nach einer Firmenfeier. Sebastian war Chefingenieur bei BMW, und Testfahrer auch, einer der besten.«

Ich goss Bier in die Gläser. Wir tranken. Dann lächelte sie wieder, wie vorhin.

»Hat Timo einen besten Freund?«, fragte ich.

»Kinder in dem Alter haben lauter beste Freunde«, sagte sie. Sie trank, stellte das Glas hin, hielt es mit beiden Händen fest. »Der Felix Osterwald, mit dem ist er viel zusammen, der hatte auch mal so eine Pistole, die hat ihm sein Vater dann weggenommen. Das sollte Timos Vater auch tun. Aber ... er ist ja nie da.«

»Er macht eine Umschulung«, sagte ich.

»Er war vorher auch nie da.«

»Leidet der Junge darunter?«

»Meiner Meinung nach leidet hauptsächlich die Mutter darunter.«

Ich schwieg. Wir beendeten die dritte Runde.

»Könnte Timo sich bei Felix versteckt haben?«, fragte ich.

Eine der ersten Aktionen bei der Fahndung nach einem verschwundenen Kind bestand darin, dessen Elternhaus auf den Kopf zu stellen, sämtliche Räume vom Keller bis zum Dach zu durchsuchen und alle familiären und freundschaftlichen Beziehungen zu überprüfen.

»Sein Vater ist Anwalt«, sagte Gilda, »der wird das nicht erlauben.«

»Ich muss gehen«, sagte ich.

»Natürlich«, sagte sie und stand sofort auf.

»Wenn Sie etwas beobachten, rufen Sie mich bitte an!«

Ich riss einen Zettel von meinem kleinen karierten Block, den ich immer bei mir trug, und schrieb die Telefonnummer meines Büros auf.

Draußen fielen nur noch vereinzelt Schneeflocken.

»Danke fürs Bier«, sagte ich.

»Viel Glück«, sagte Gilda Redlich.

Ich hatte mich noch nicht umgedreht, da schloss sie bereits die Tür.

Inzwischen war es halb zehn, und ich war halb betrunken. Bevor ich die Osterwalds besuchen wollte, kehrte ich zur Nummer siebenunddreißig zurück.

»Haben Sie was rausgefunden?«, fragte mich Susanne Berghoff an der Tür.

Sie hatte sich neu geschminkt und wirkte noch nervöser als zuvor.

»Haben Sie den Freund Ihres Sohnes angerufen?«, sagte ich.

Sie sah mich an, als hätte ich eine unangemessene Frage gestellt.

»Ich habe Sie in Ihrem Hotel darum gebeten.«

»Ich habs vergessen.«

Ich sagte: »Ich möchte mit meinem Kollegen allein sprechen.«

Sie ging ins Bad und sperrte die Tür ab. Im Wohnzimmer, das mir überhitzt vorkam, saß Martin am Tisch und hatte mehrere weiße Blätter vor sich ausgebreitet. Er hatte eine große Schrift und die Angewohnheit, viel Luft zwischen den Zeilen zu lassen.

»Ich hab die Anzeige notiert«, sagte er. »Aber sie ist immer noch nicht überzeugt, wahrscheinlich sagt sie gleich, sie will noch warten. Ich erreich sie nicht. Hast du was erfahren?«

»Der Junge hat eine Spielzeugpistole, mit der er auf seine Mutter schießt, deswegen schlägt sie ihn«, sagte ich.

Ich erzählte ihm von meiner Begegnung mit Gilda Redlich, dann las ich seine Aufzeichnungen.

»Der Junge hat eine Mütze und Handschuhe dabei, er

trägt Stiefel und einen dicken Anorak und er hat seine Schultasche mitgenommen.«

»Er ist gestern Nachmittag nach Hause gekommen«, sagte Martin. »Er ist hier gewesen, sagt die Mutter, er hat das Essen gegessen, das sie vorbereitet hat, Nudeln und Salat.«

»Sie war im Hotel«, sagte ich.

»Ja, sie wechselt sich mit einer Nachbarin ab, Frau ...« Er warf einen Blick auf seine Notizen. »Frau ...«

»Osterwald«, sagten wir gleichzeitig.

»Zwei Tage in der Woche bleibt Timo nachmittags bei den Osterwalds, einen Tag ist seine Mutter da und zwei Tage muss er allein zurechtkommen. Früher hatten sie ein Kindermädchen, jetzt nicht mehr.«

»Sie müssen sparen«, sagte ich.

»Das hat sie nicht gesagt, sie behauptet, das Kindermädchen ist nach Amerika zurück, wo sie herkam. Ich glaub aber auch, es geht ums Geld.«

»Der Junge ist viel allein«, sagte ich.

Martin betrachtete sein Weinglas, das halb voll war. Seine wenigen Haare bildeten ein schimmerndes Nest auf seinem Kopf, er hatte wieder diese dicken, dunkelbraunen Tränensäcke im bleichen Gesicht, und auf seiner rissigen Knollennase sammelten sich Schweißtropfen. Überraschenderweise rauchte er nicht, auf dem Tisch lag nicht einmal die grüne Packung. In dieser Wohnung, das roch man, herrschte Rauchverbot.

Aus dem Badezimmer war kein Geräusch zu hören.

»Was machen wir mit der Frau?«, fragte Martin mit müder Stimme.

»Der Junge ist neun«, sagte ich.

»Wir müssen endlich mit dem Vater reden.«

»Mach du das«, sagte ich. »Und zwar von hier aus. Ich befrage die Osterwalds. Wir geben die Anzeige ans LKA und warten ab. Immerhin haben wir diese Nachricht.«

Martin hatte den Zettel in die bedruckte Plastiktüte einer Drogerie gesteckt, die er sich von Susanne erbeten hatte.

»›Ich komm schon mal wieder, mach dir keine Sorgen‹«, zitierte Martin. »›Ich komm schon mal wieder!‹ Nett gesagt. Fürsorglich.«

»Ruf den Vater an«, sagte ich.

Beim Vorbeigehen klopfte ich an die Tür des Badezimmers. »Ich muss noch mal weg, mein Kollege möchte gern telefonieren, bitte geben Sie ihm die Nummer.«

»Was für eine Nummer?«, hörte ich sie sagen.

Es schneite nicht mehr.

Der Mann trug eine Cordhose und ein Sweatshirt mit zwei schwarzen schrägen Balken auf der Brust und sah mich über seine Halbmondbrille hinweg an.

»Dann kommen Sie rein, Herr Süden.«

In der Wohnung roch es nach Tabak, im Flur lagen kreuz und quer Kinderschuhe und Spielsachen, neben dem Wohnzimmertisch mindestens zehn aufgeblätterte Zeitungen. Im Gegensatz zu den Häusern, in denen ich am Falkenweg bisher gewesen war, hatten die Osterwalds Parkettböden und offensichtlich kostbare Perserbrücken. Die Wohnung wirkte heller und luftiger als die anderen.

»Felix ist schon im Bett«, sagte Frieder Osterwald. »Möchten Sie auch einen Tee?«

»Nein«, sagte ich. »War Timo Berghoff heute bei Ihnen?«

»Nein«, sagte Osterwald und zeigte auf einen antiken Stuhl mit hoher Lehne.

»Ich stehe lieber«, sagte ich.

Osterwald legte die Brille auf eine der Zeitungen, die er auf dem großen, schwarzen runden Tisch ausgebreitet hatte. »Schon ein paar Tage hab ich ihn nicht gesehen. Für welches Dezernat arbeiten Sie?«

»Dezernat 11, Vermisstenstelle.«

»Wir machen in der Kanzlei selten Strafsachen, neulich hatten wir mit einem Herrn ... Funke zu tun, ein Kollege von Ihnen mit einer ... einer Augenklappe ...«

»Funkel«, sagte ich. »Er leitet das Dezernat 11.«

»Tatsächlich«, sagte Osterwald. »Mein Kollege Gebhard hatte ihn in einem Prozess als Zeuge geladen. Was ist mit Timo? Ist ihm was zugestoßen?«

»Er ist verschwunden.«

»Das ist nicht das erste Mal, müssen Sie wissen.«

Ich sagte: »Ich weiß.«

»Gut.«

»Timo kommt zweimal in der Woche nach der Schule zu Ihnen. Dann ist vermutlich Ihre Frau zu Hause.«

»So ist es.«

»Kann ich sie sprechen?«

»Sie ist noch beim Sport. Sie macht Kickboxen, ganz hartes Training, anschließend gehen die Damen was trinken. Vor Mitternacht ist sie nicht zurück. Timo ist ein schwieriges Kind.«

Ich schwieg.

Osterwald setzte sich an den Tisch und kratzte sich am Auge. »Er ist launisch, er hat Aggressionen, dann wieder ist er ganz apathisch, die anderen Kinder haben Schwierigkeiten mit ihm, unser Felix auch.«

»Trotzdem sind die beiden gute Freunde«, sagte ich.

»Felix mag den Timo«, sagte Osterwald. »Felix ist eher ... er ist eher ruhig, ein schüchternes Kind und Timo ... Timo kann sehr bestimmt sein, sehr ... selbstbewusst, sehr eigen ... Felix gefällt das.«

»Wenn Timo nicht bei Ihnen ist, bei welcher Familie hält er sich sonst noch auf?«

»Das weiß ich nicht, das müssten Sie meine Frau fragen. Ich könnt versuchen, sie übers Handy zu erreichen.«

»Vielleicht später«, sagte ich. »Könnten Sie nachsehen, ob Ihr Sohn wirklich schon schläft?«

Osterwald stand auf und ging in den Flur. Kurz darauf kam er mit einem Jungen an der Hand zurück, der einen roten wollenen Schlafanzug anhatte und so verschlafen war, dass er schwankte.

»Er ist aufgewacht, als ich reinkam. Felix ...«

Der Kopf des Jungen hing nach unten, seine Haare bildeten einen blonden Verhau und er wankte vor und zurück, wie ein Betrunkener.

»Der Mann ist von der Polizei, er möchte wissen, ob du Timo heut gesehen hast. Felix?«

Etwas in Felix machte: »Hmm?«

Ich ging vor ihm in die Hocke. »Mein Name ist Tabor Süden. Hast du Timo heut gesehen? Oder gestern?«

»In der Schule«, sagte etwas in Felix, vielleicht der Nachtportier seiner Stimme.

»Heute in der Schule?«

»Nein, gestern.«

»Heute war Timo nicht in der Schule.«

Felix' Kopf, der bleiern herunterzuhängen schien, schüttelte sich.

»Bist du dir ganz sicher, Felix?«

»Ja.«

»Und gestern, am Montag, war Timo aber in der Schule.«

»Ja.«

»Hat er gesagt, dass er was vorhat, weswegen er am nächsten Tag nicht kommen kann?« Mir taten die Knie weh, und es war mir peinlich, dass Felix vermutlich meine Fahne roch.

»Nei–ii–n.« Es war, als würde seine Stimme zäh wie Brei aus seinem Mund fließen.

»Wo könnte der Timo denn sein? Hast du eine Ahnung?«

»Nei–ii–n.«

»Hat er irgendwas getan, was du nicht verstanden hast? Was er vielleicht noch nie getan hat?«

»Nein«, sagte Felix. Dann machte er eine Pause und ich dachte, er schlafe auf der Stelle ein. »Aber die Sara hat ihn geschlagen.«

»Welche Sara?«, fragte ich sinnlos.

»Die Sara halt.«

»Sara Tiller«, sagte Osterwald, »sie wohnt auch am Falkenweg.«

»Sa–aa–ra«, sagte etwas in Felix. Es sah aus, als kippe er jeden Moment vornüber.

»Warum hat die Sara ihn geschlagen, Felix?«, fragte ich.

»Weiß ich nicht.« Er holte Luft. »Sie hat ihm ins Gesicht geschlagen und ist weggelaufen. Timo hat gesagt, das kriegt sie zurück.«

»Und das war das erste Mal, dass sie so was gemacht hat?«

»Jaa, die Sara war immer brav, sie hat ihn sogar mal an der Hand gehalten. Aber nicht lange. Nur zum Testen, glaub ich.«

»Danke, Felix«, sagte ich.

Ich stand so schwerfällig auf wie der Junge an der Hand seines Vaters zu seinem Bett zurücktaumelte.

»Ist Ihre Frau morgen früh zu Hause?«, fragte ich an der Tür.

»Ja«, sagte Osterwald, »sie ist den ganzen Tag da, eigentlich sollte Timo morgen wieder zu uns kommen.«

Sie stand direkt vor dem Fernseher und streckte mir den Arm entgegen. Auf ihrer flachen Hand lag eine mit gelbem Papier beklebte Schachtel.

»Die hab ich gesammelt«, sagte Susanne Berghoff.

Ich nahm die Schachtel. Sie war angefüllt mit kleinen, matt glänzenden Kugeln, es mussten fast hundert sein.

»Damit schießt er auf mich«, sagte Susanne.

6 Sie kamen von zwei Seiten, die Frau mit der Wildlederjacke vom Bürgersteig her, der Mann mit den schwarzen Lederhandschuhen direkt aus dem Gebäude. Sie machten einen Schritt, blieben wie zufällig stehen, Kinder sprachen sie an, und sie erwiderten etwas, dann machten sie wie auf ein abgesprochenes Zeichen hin den nächsten Schritt, und jedes Mal, wenn mein Blick einen von ihnen streifte, drehten sie den Kopf, als würde ihr Verhalten dadurch weniger auffällig. Ich, ihr Objekt, bewegte mich nicht von der Stelle. Die Arme verschränkt, den Kragen meiner Lederjacke hochgeschlagen, die Haare zerzaust im leichten Wind, stand ich fast genau in der Mitte des Schulhofs und beobachtete die herumtollenden Kinder. Manche streckten die Zunge raus, andere rannten um mich herum wie um einen Baum und schlugen gelegentlich mit der flachen Hand nach mir.

In meiner schwarzen, an den Seiten geschnürten Hose aus Ziegenleder, mit den Bartstoppeln im Gesicht und den etwas zu langen strähnigen Haaren musste ich zumindest auf die Erwachsenen, die mich von den Fenstern aus musterten, wie ein Mann wirken, der nicht hierher gehörte und so rasch wie möglich zu verschwinden hatte.

»Was machen Sie hier?«, fragte die Frau, die mir den Fluchtweg zur Straße versperrte.

Ich sagte: »Ich schaue mich um.«

Sie starrte mich an.

Ich bewegte mich nicht.

»Würden Sie bitte den Schulhof verlassen«, sagte die Frau.

Der Mann, ihr Kollege, knetete seine Hände, und ich hörte das Geräusch der Handschuhe.

»Nein«, sagte ich.

»Dann werden wir jetzt die Polizei holen«, sagte die Frau.

Ich griff in die Tasche meiner Jacke und holte den blauen Dienstausweis hervor. Die Frau nahm ihn in die Hand, betrachtete ihn eindringlich und reichte ihn an den Mann weiter, der dasselbe tat. Als er ihn mir zurückgab, sagte er: »Ah so.«

Ich steckte den Ausweis ein.

»Wo ist Timo Berghoff?«, fragte ich die Frau. Möglicherweise reichte ihre Autorität bei Kindern aus, in meiner Gegenwart wirkte sie im Moment reichlich unbeholfen.

»Er ist heute nicht gekommen«, sagte sie.

»Ist er krank?«

»Da müsst ich nachschauen.«

»Tun Sie das«, sagte ich. »Ich warte derweil hier.«

Sie sah mich an, als wäre ich ungezogen.

Ich schwieg. Sie wartete auf ein Wort ihres Kollegen, der kurz die Arme ausbreitete, dann aber wieder die Hände faltete und hin und her bewegte, als wäre ihm kalt.

»Wissen Sie, warum Timo Berghoff heute nicht in der Schule ist?«, fragte ich.

»Nicht direkt«, sagte er.

»Kommen Sie doch mit ins Lehrerzimmer«, sagte die

Frau. »Dann können Sie auch gleich mit unserem Direktor sprechen.«

»Warum?«, fragte ich.

»Bitte?«, sagte die Frau.

»Warum soll ich mit Ihrem Direktor sprechen?«

»Sie als Polizist ...«, begann sie.

Ein etwa siebenjähriges Mädchen griff nach ihrer Hand. »Frau Schenk, schauen wir heut wieder einen Film an, jetzt gleich?«

»Nein«, sagte Frau Schenk. »Zieh dir die Kapuze über den Kopf, wofür hast du sie denn? Schnell!«

Sofort folgte das Mädchen.

Ich verschränkte die Arme und blickte zum zweiten Stock des Gebäudes hinauf, wo zwei Lehrerinnen an einem offenen Fenster standen.

»Wollen wir nicht reingehen?«, fragte der Mann neben mir.

»Ich warte hier«, sagte ich.

Wortlos ging Frau Schenk an mir vorbei, was ihren Kollegen veranlasste zu lächeln.

»Ich heiße übrigens Giggenbach«, sagte er.

»Grüß Gott«, sagte ich.

»Grüß Gott.«

Auf mich machte er den Eindruck eines Mannes, der nie einen anderen Beruf als den des Lehrers ausüben wollte, bestimmt besaß er ebenso starkes Durchsetzungsvermögen gegenüber renitenten Schülern wie er Nachsicht übte, wenn sie ihn neckten oder hinter vorgehaltener Hand über seine Glatze und seinen silbernen Knopf im

Ohr tuschelten. Ich schätzte ihn auf ungefähr fünfzig, auch wenn er älter wirkte, er war weder schlank noch dick, er trug einen dunklen Wollmantel und hob ab und zu mahnend den Zeigefinger, wenn in seiner Nähe zwei Kinder garstig miteinander umgingen. Ich war überzeugt, er unternahm jedes Jahr mehrere Bildungsreisen und zählte zu den letzten Abonnenten namhafter Wochenzeitungen, er arbeitete diszipliniert und gewissenhaft, ohne je die Chance zu bekommen, Direktor zu werden, was er auch nicht anstrebte.

»Was wollen Sie eigentlich von Timo?«, fragte er. »Hat er wieder was angestellt?«

»Was zum Beispiel?«, fragte ich.

»Er kann sehr aufmüpfig sein«, sagte Giggenbach. »Vor allem gegenüber seiner Mutter.«

»Kennen Sie seinen Vater?«

»Kaum.«

»Warum nicht?«

»Er ist selten da, er hat, glaub ich, einen neuen Job, irgendwo in Hamburg. Timos Mutter hat davon erzählt, ich hab es aber vergessen.«

»Er bewirbt sich«, sagte ich. »Er macht Aufnahmetests. Er ist immer noch arbeitslos.«

»So was gibt niemand gern zu«, sagte Giggenbach.

»Ist Timo ein guter Schüler?«

»Er ist gescheit, er hat was drauf. Aber oft hat er keine Lust, und seine Mutter hat wenig Einfluss auf ihn, sie führt ihr Hotel, sie ist den ganzen Tag beschäftigt, auch am Wochenende. Timo ist viel allein.«

»Er ist verschwunden«, sagte ich.

»Ah so«, sagte Giggenbach. Er knetete die Hände, dachte nach und sagte: »Wahrscheinlich ist er bei seiner Tante, wie immer.«

»Bei Carola Schild?«, sagte ich.

»Ihr Name fällt mir jetzt nicht ein.«

»Carola Schild«, wiederholte ich.

»Möglich«, sagte er, als dürfe ich auf keinen Fall Recht behalten.

Ein Mann in einem grünen Lodenmantel verließ gemeinsam mit Frau Schenk das Schulgebäude und kam auf uns zu.

»Grafrath«, sagte der Mann. »Ich bin der Direktor der Schule. Sie sind von der Polizei?«

»Tabor Süden, Dezernat 11, Vermisstenstelle«, sagte ich und ließ mir die Hand schütteln.

»Sie haben eine Schulphobie, ich weiß schon«, sagte Grafrath frohgemut. »Frau Schenk hat sie sofort durchschaut. Was kann ich für Sie tun, Herr Süden?«

»Einer Ihrer Schüler ist verschwunden«, sagte ich. »Timo Berghoff.«

»Seine Mutter hat ihn heut Morgen krank gemeldet«, sagte Frau Schenk, an ihren Direktor gewandt.

»Ist das sicher?«, sagte ich.

»Selbstverständlich!«, sagte Frau Schenk mit Nachdruck.

»Frau Amann, meine Assistentin, hat mit Frau Berghoff gesprochen«, sagte Grafrath. »Angeblich hat Timo Grippe und kommt auch die nächsten Tage nicht, ein Attest wird nachgereicht.«

»Frau Berghoff hat ihren Sohn als vermisst gemeldet«, sagte ich.

Eine Glocke ertönte, und die Kinder verließen nach und nach den Hof.

»Entschuldigen Sie«, sagte ich. »Ist eines der Mädchen Sara Tiller?«

»Die mit den pinkfarbenen Ohrschützern«, sagte Giggenbach.

Das Mädchen ging Arm in Arm mit einer Freundin auf die Glastür zu und summte vor sich hin.

»Unter den Ohrschützern hat sie einen Walkman«, sagte Frau Schenk. »Sie glaubt, wir merken es nicht. In der Pause kann sie von mir aus Musik hören, sonst nicht.«

»Warum fragen Sie nach dem Mädchen?«, sagte Grafrath.

»Sie hat mit Timo gestritten«, sagte ich.

»Davon weiß ich nichts«, sagte Frau Schenk. »Du?«

»Nein«, sagte Giggenbach.

»Wo könnte Timo denn sein?«, fragte Grafrath. »Müssen wir mit etwas Schlimmem rechnen?«

»Reden Sie mit der Tante!«, sagte Giggenbach noch einmal.

Über Nacht war der Schnee gefroren, und nun schneite es wieder, nicht so heftig wie am Vortag, aber stark genug, um die Kinder, die aus der Schule kamen, übermütig springen und rennen zu lassen. Einige rutschten aus und fielen hin, hatten aber keine Zeit für den Schmerz, sondern fegten noch im Aufstehen mit der flachen Hand frischen Schnee in die Gesichter ihrer Freunde, einige, die Älteren unter ihnen, zogen die Köpfe ein wie Erwachsene und klopften ihre Stiefel ab, als würden sie beim nächsten Schritt ein Haus betreten. Frau Schenk stand an der Einfahrt zum Hof, mit einem aufgespannten gemusterten Schirm, den sie hob und senkte, wenn sie den einen oder anderen Schüler persönlich verabschiedete, ohne dass dieser darauf zu achten schien.

Ich beobachtete die Szenerie vom Auto aus. Ausnahmsweise hatte ich mir einen Dienstwagen geliehen, einen anthrazitfarbenen Opel, und war allein nach Unterhaching gefahren, während Martin die Vermisstenanzeige fürs Landeskriminalamt bearbeitete. Angesichts der spärlichen Angaben über Zeitpunkt und Ort von Timos Verschwinden, über die Ursachen und seine Ziele konnten wir keine schnellen Ergebnisse erwarten. Das LKA würde die Aussendung der Fernschreiben vorerst auf den Raum München und das Umland beschränken, zumal wir mit unseren Ermittlungen in der Familie und dem Bekanntenkreis noch nicht einmal richtig begonnen hatten. Bis zu meiner Abfahrt vom Dezernat war es Martin nicht gelungen, Timos Vater ans Telefon zu bekommen, das Handy war ausgeschaltet, die Mailbox nahm keine Nachrichten entgegen, und in der Pension, in der Hajo Berghoff sich eingemietet hatte, hieß es, er sei bereits um sechs Uhr morgens aus dem Haus gegangen. Bevor wir bei VW anriefen und Leute aufscheuchten, wollten wir warten, bis wir alle Informationen in München ausgeschöpft und vielleicht Susanne Berghoff endlich dazu gebracht hatten, die Wahrheit zu sagen.

Wieso hatte sie ihren Sohn in der Schule krankgemeldet?

Allerdings: Was hätte sie sonst tun sollen? Auf diese Weise würde niemand Fragen stellen. Dachte sie. Womit sie nicht gerechnet hatte war, dass ich oder einer meiner Kollegen in der Schule auftauchen würde. Spätestens morgen früh wusste jeder dort, was geschehen war, und dann warteten neue Halbwahrheiten über die Verhältnisse in der Familie Berghoff auf uns.

»Können wir ausschließen, dass der Junge entführt worden ist?«, hatte Volker Thon, der Leiter der Vermisstenstelle, heute Morgen gefragt.

Es war eine rhetorische Frage. Zu einem so frühen Zeitpunkt der Fahndung schlossen wir nichts aus, ein freiwilliges Weglaufen so wenig wie ein Verbrechen, einen Unfall oder Selbstmord. Was Letzteren betraf, so wäre Timo nicht das erste Kind unter zehn Jahren, das sich umbrachte. Vor ein paar Jahren suchten wir nach einem siebenjährigen Mädchen, das von zu Hause ausgerissen war und nach den Aussagen der Eltern eine Freundin in Wien besuchen wollte, mit der sie aufgewachsen war und die vor kurzer Zeit aus ihrer gemeinsamen Straße weggezogen war. Wir fanden das Mädchen unter einer Autobahnbrücke im Norden der Stadt, sie hatte sich mit einem Taschenmesser die Pulsadern aufgeschlitzt. Ein siebenjähriges Kind. Die Eltern behaupteten, sie hätten keine Erklärung dafür, bei der Beerdigung brach die

Mutter zusammen und wurde danach monatelang in einer psychiatrischen Klinik behandelt. Wir schlossen den Fall ab, ohne je zu erfahren, was hinter dieser Tragödie gesteckt hatte. In einem anderen Fall warf sich ein achtjähriger Junge vor die U-Bahn, nachdem er von seinem Stiefvater missbraucht worden war. Einen Zusammenhang zwischen dem, was er, und dem, was der Junge getan hatte, bestritt der Mann noch in der Gerichtsverhandlung. Wir hatten keine Chance, den Suizid zu verhindern. Fast zur gleichen Zeit, als die Mutter das Verschwinden ihres Kindes meldete, erhielten wir die Nachricht, dass es auf der Linie der U6 einen »Personenschaden« gegeben hatte. Wie wir rekonstruieren konnten, hatte der Junge um halb acht Uhr morgens sein Elternhaus verlassen, ohne die Schultasche mitzunehmen. Er fuhr mit dem Linienbus, den er jeden Tag benutzte, zu einer Haltestelle, in deren Nähe es ein McDonald's-Restaurant gab, wo er sich eine Cola und eine große Portion Pommes frites bestellte, beides verzehrte er vollständig. Daraufhin nahm er die U-Bahn zum Marienplatz und stieg dort aus unerklärlichen Gründen in eine andere Linie um, die ebenfalls zum Sendlinger-Tor-Platz fuhr, der offensichtlich sein Ziel war. Er verließ den Zug, wartete, bis dieser abgefahren war, ging an die Bahnsteigkante, steckte die Hände in die Hosentaschen und ließ sich vor die nächste einfahrende Bahn fallen. Er starb fünf Stunden später im Krankenhaus. Der U-Bahnfahrer hatte den Schock nie überwunden, er kündigte seine Stelle bei den Verkehrsbetrieben und arbeitete danach als Portier, weil er keine Nacht mehr schlafen konnte.

»Wir haben keine Hinweise auf Selbstmord«, sagte ich.

»Warum meldet sich der Vater nicht?«, fragte Thon und zupfte an seinem seidenen Halstuch.

»Das wissen wir noch nicht«, sagte Martin.

»Könnte der Junge auf dem Weg zu ihm sein?«, fragte Thon.

»Ich hab einen Vermerk in die Meldung geschrieben«, sagte Martin. »Die Bahnhöfe werden informiert.«

»Der Junge könnte mit jemandem im Auto mitgefahren sein«, sagte Thon.

»Per Anhalter?«, fragte Martin.

»Mit einem Bekannten möglicherweise. Ist es sicher, dass der Vater sich noch in Wolfsburg aufhält?«

»Es ist nicht sicher«, sagte Martin.

»Das ist alles beunruhigend«, sagte Thon und zündete sich ein Zigarillo an, weil Sonja Feyerabend, die das Rauchen bei Besprechungen verboten hatte, krank war. »Wenn wir bis heut Abend keine Spur haben, geben wir ein Foto an die Zeitungen.«

Thon war Vater einer neunjährigen Tochter und eines fünfjährigen Sohnes, und das Verschwinden von Kindern trieb ihn jedes Mal stärker um, als er, der gewöhnlich einen sachbezogenen, freundlich distanzierten Umgang pflegte, uns gegenüber zugeben wollte.

»Dieses Mädchen«, sagte er und rauchte nervös, ohne die Asche zu bemerken, die von der Zigarillospitze auf den Schreibtisch fiel. »Was hat die mit dem Jungen zu tun? Ruf mich an, wenn du mit ihr gesprochen hast, Tabor!«

»Das hab ich schon vergessen«, hörte ich das Mädchen mit den pinkfarbenen Ohrschützern aus Wolle sagen.
Ich war ihr hinterhergegangen, nachdem Frau Schenk den letzten Schüler mit dem Heben ihres Schirms verabschiedet hatte und ins Schulhaus zurückgekehrt war. Sara wurde von einer Freundin begleitet, die ununterbrochen auf sie einredete. Am Falkenweg verabschiedeten sich die beiden, die Freundin sah Sara noch eine Weile hinterher.
»Hallo!«, rief ich.
Erschrocken drehte das Mädchen sich um. Ich zeigte ihr den Dienstausweis.
»Sie heißen Süden?«, Sie hatte einen breiten Mund und große hellblaue Augen. Sie trug einen Wildledermantel, der teuer aussah.
»Ja«, sagte ich. »Wie ist dein Name?«
»Annegret Wildner«, sagte sie.
»Annegret, kennst du den Timo Berghoff?«
»So halb.«
»Wie genau halb?«
»Halb halt.«
»Er geht nicht in deine Klasse«, sagte ich.
»Nö.«
»Hast du gehört, dass er verschwunden ist?«
»Nö.«
»Interessiert es dich, wo er ist?«

»Ist er tot?«, fragte sie.

»Keine Ahnung«, sagte ich.

Dann schwieg ich. Wir standen zwischen zwei Draht-zäunen, die die jeweiligen Grundstücke abgrenzten und voller Schnee waren. Annegret wich meinem Blick aus, ich sah ihr an, dass sie an einer Strategie bastelte.

Ich sagte: »Hast du den Timo gestern gesehen?«

Sie zögerte. »Kann schon sein«, sagte sie dann.

»Die Sara hat ihn geohrfeigt.«

»Blödsinn!«

Sie schaute mich aus ihren großen hellen Augen an, es kam mir vor, als würde mich ihr Blick überschwemmen.

»Sie hat ihm ins Gesicht geschlagen«, sagte ich.

»Waren Sie dabei?«

»Ich nicht, du?«

Sie zog an den Riemen ihres Rucksacks. »Mir ist kalt. Ich will nach Hause. Ich hab Hunger.«

»Glaubst du, Sara weiß, wo Timo steckt?«

»Wieso Sara?«, fragte Annegret. Offenbar war ihr das Basteln nicht recht geglückt.

»Die beiden sind befreundet«, sagte ich.

»Na und?«

»Wenn dein Freund sich verstecken würde«, sagte ich, »dann würdest du doch wissen, wo.«

»Ich hab keinen Freund, ja?«

»Aber wenn du einen hättest.«

»Ich hab aber keinen.« Sie wandte sich um und ging weiter und ich folgte ihr.

»Ich werde mal mit deiner Mutter reden«, sagte ich.

Abrupt blieb sie stehen und wäre bei der heftigen Bewegung beinah ausgerutscht.

»Wieso denn?«, sagte sie. »Was hat die damit zu tun? Die kennt den Timo überhaupt nicht, ja?«

»Vielleicht doch«, sagte ich.

»Nein!«, sagte sie. »Was wollen Sie eigentlich von dem?«

»Ich arbeite auf der Vermisstenstelle, ich bin zuständig für verschwundene Leute.«

»Der ist doch nicht verschwunden, der Timo«, sagte Annegret.

»Natürlich ist er verschwunden, das habe ich dir doch gesagt. Seine Mutter hat eine Vermisstenanzeige erstattet.«

»Die lebt doch daneben, die Alte!«

»Mag ja sein«, sagte ich. »Aber Timo ist verschwunden, deswegen ist sie zur Polizei gegangen.«

»Der Timo ist nicht verschwunden, okay? Dem gehts gut, ja?«

»Annegret«, sagte ich.

Sie betrachtete den Schnee um uns herum.

Ich schwieg. Also hob sie den Kopf und goss einen Blick über mich.

»Ist er bei seiner Tante?«, sagte ich.

Sie sagte nichts. Ich verschränkte die Arme und stellte mich ihr in den Weg, autoritär wie ein trainierter Lehrer.

»Was macht er den ganzen Tag bei seiner Tante?«, fragte ich.

Vielleicht geblendet vom Schnee sah sie mich an. »Weiß ich doch nicht!«, sagte sie und verzog den Mund, der dadurch noch breiter wirkte.

»Und warum ist er weggelaufen?«

»Weil seine Mutter total daneben lebt, deswegen, okay?«

Sich selbst beschimpfend, stapfte sie an mir vorbei. In ihrem Rucksack klirrte etwas.

Ich strich mir die Haare aus dem Gesicht und fegte dabei eine Mütze aus Schnee vom Kopf.

7

Als ich in jener Nikolausnacht von zu Hause weglief, war ich von der Vorstellung getrieben, hinter mir versinke die Gegenwart aus engen Straßen und engen Köpfen in einer unwiederbringlichen Vorzeit, die schon bald aus meiner Erinnerung verschwinden würde wie geschmolzener Schnee.

Zwei Nächte trieb ich mich in den Wäldern herum, trank eisiges Wasser aus Bächen, kaute seifig schmeckende Blätter, trotzte dem Hunger, der mich schwindlig machte. Wenn ich erschöpft und frierend auf einen Jägerstand kletterte, um dort oben vielleicht etwas Essbares zu finden, betrachtete ich die schwarzen Wälder, die grauen Hänge und Wiesen, die Umgebung, die mir bisher so vertraut war, wie ein fremdes Gebiet, das ich nur zu betreten bräuchte, um in einer großen Freiheit zu sein.

Ich hatte Angst. Das Knistern und Rascheln hörte nicht auf, ich hörte Tierlaute, die ich nicht kannte, und wenn ich aus Versehen mit den Schuhen aneinander stieß, erschrak ich, als gehörten die Füße nicht zu mir. In der zweiten Nacht blieb ich bis zur Dämmerung auf einem Hochsitz, hockte auf zwei Brettern, die waagrecht an die Holzwand genagelt waren, presste die verschränkten Arme an meinen Körper und rechnete immer wieder von vorne durch, wie viele Tage ich zu Fuß bis nach München unterwegs wäre. Ich wusste, es waren etwa sechzig Kilometer, wenn ich also jeden Tag fünf Kilometer schaffte, dann ... Plötzlich war mir so kalt, dass ich glaubte zu erfrieren. Ich dachte an meine Mutter, die eine Freundin besucht hatte, als ich verschwand, und ich überlegte, was sie wohl als Erstes getan hatte, nachdem ich nicht aufzufinden war. Mein Vater machte Überstunden in der Fabrik, sie hatten wieder einen eiligen Auslandsauftrag, und ich dachte an das Wort »Auslandsauftrag«, das mein Vater jedes Mal mit Betonung aussprach, und ich stellte mir Männer in Anzügen vor, die riesige Mengen Geld in Metallkoffern nach Taging brachten, Männer, die englisch oder spanisch sprachen, wenn sie überhaupt ein Wort sagten und nicht nur Dokumente tauschten und Unterschriften unter dicke Verträge setzten. Mein Vater war Ingenieur und die Maschinenbaufabrik, in der er arbeitete, war offenbar in der ganzen Welt bekannt.

Meine Mutter würde mit dem Fahrrad zu ihm fahren, denn wir hatten noch kein Telefon, und er würde sie vertrösten und beruhigen. In der Nacht, nachdem der Auslandsauftrag erledigt und mein Vater endlich nach Hause gekommen war, hatten sie wahrscheinlich bei den Nachbarn geklingelt, die nicht nur ein Telefon, sondern im Gegensatz zu uns auch einen Fernseher besaßen, und die Polizei angerufen.

Fünf Jahre später erst, als meine Mutter schon gestorben war und mein Vater einen Plan hegte, von dem ich nichts wusste, erfuhr ich, dass sie die Polizei nicht angerufen hatten, nicht in der ersten und nicht in der zweiten Nacht. Sie wollten niemandem das Weinen meiner Mutter zumuten.

Mir kam es vor, als bediene das Mädchen heimlich einen Heulschalter. Bei jedem Wort, das ihre Mutter an sie richtete, kniff sie die Augen zusammen und schluchzte und schniefte und trommelte mit den Füßen auf den Boden.

»Benimm dich jetzt!«, sagte Bettina Tiller.

Saras Reaktion bestand aus einem Gurgeln.

Auf dem Küchentisch standen eine Schüssel mit Salat und eine mit geschälten gekochten Kartoffeln, und auf ihren Tellern hatten Mutter und Tochter ein Stück paniertes Fleisch und Broccoli, was sie kaum angerührt hatten.

Als ich eingetreten war, hatte sich Sara schon mitten in ihrer Heulorgie befunden.

»Tut mir Leid«, sagte Bettina Tiller. Sie war Mitte vierzig, leicht übergewichtig und hatte blond gefärbte Haare mit rötlichen Strähnen. Auf die Ausbrüche ihrer zehnjährigen Tochter reagierte sie mit kühler Wachsamkeit.

»Iss jetzt!«, sagte sie.

Sara warf die Gabel, die sie, vermutlich versehentlich, noch in der Hand hielt, auf den Teller. Dann zog sie den Rotz hoch und starrte mit verschwommenen Augen zwischen uns hindurch. Ich hatte mich an den Tisch setzen müssen und saß ihr genau gegenüber.

»Ihre Tochter ist mit Timo eng befreundet«, sagte ich, obwohl ich dasselbe schon zweimal gesagt und Bettina Tiller es jedes Mal bestritten hatte.

»Ist sie nicht!«, sagte sie wieder, und an ihre Tochter gewandt: »Bitte, Sara! Das Fleisch wird kalt.«

»Du kannst mir nichts verbieten«, sagte Sara, ohne ihre Mutter anzusehen.

»Doch. Und das tu ich auch. Und du weißt genau, warum!«

Wie auf Knopfdruck schossen Tränen aus Saras Augen. Jetzt wandte sie mir den Kopf zu. Ich schaute sie an. Vielleicht erwartete sie Unterstützung von mir. Aber auch sie, obwohl sie noch ein Kind war, gehörte zu den Menschen, die mich daran hinderten, Timo Berghoff zu finden, für dessen Vermissung ich zuständig war.

»Warum?«, fragte ich Saras Mutter.

»Das weiß sie genau.«

»Ich möchte es auch wissen.«

»Das kann ich Ihnen nicht sagen, das geht nur mich und meine Tochter was an.«

Ein paar Sekunden herrschte Stille. Sara unterdrückte ihr Schluchzen. Dann sprang das Mädchen auf, rannte in den Flur, riss einen weißen Anorak von der Garderobe, zog sich hastig Stiefel an, band sich einen rosafarbenen Schal um den Hals, setzte die Ohrschützer auf und stürzte aus der Wohnung. Bettina Tiller blieb sitzen, als wäre nichts passiert.

Ich schwieg.

Lustlos schnitt sie ein Stück Fleisch ab und aß es. »Wenn es Ihnen nichts ausmacht, können Sie Saras Essen haben, es ist noch warm.«

»Warum nicht?«, sagte ich. Ich langte über den Tisch und nahm mir den Teller.

»Kartoffeln?« Sie hielt mir die Schüssel hin.

Schweigend aßen wir lauwarmes Schnitzel mit lauwarmen Kartoffeln und lauwarmem Broccoli, dazu kalten Salat. Es schmeckte.

»Wo geht sie hin?«, sagte ich.

»Zu Carola wahrscheinlich.«

»Carola Schild?«

»Woher kennen Sie sie?«

»Ich habe mit ihr gesprochen.«

Bettina Tiller stand auf und holte aus einer Schublade Papierservietten, legte mir eine hin, wischte sich mit der ihren über den Mund und setzte sich wieder.

»Sie hat ein Herz für störrische Kinder.«

»Hat sich Timo bei ihr versteckt?«, sagte ich.

»Waren Sie nicht in ihrer Wohnung?«

»Nein«, sagte ich.

»Dann sollten Sie sich beeilen.«

»Warum?«, sagte ich.

»Was?«

»Warum soll ich mich beeilen?«

»Ach so«, sagte sie und lächelte anerkennend, weil ich meinen Teller vollständig leer gegessen hatte. »Hab ich nur so gesagt. Wieso hat Susanne ihn als vermisst gemeldet? Das versteh ich nicht.«

»Wie gut kennen Sie Frau Berghoff?«

»Wir sind Nachbarn.«

Sie stellte meinen Teller auf den ihren und trug das Geschirr zum Ausguss. »Jetzt hab ich Sie gar nicht gefragt, ob Sie was trinken wollen. Wir haben selten Gäste, und wenn mal Freunde meines Mannes da sind, bedienen sie sich selber. Entschuldigen Sie, wollen Sie was trinken? Ein Bier?«

»Nein«, sagte ich. »Ein Glas Wasser.«

Wir tranken beide Mineralwasser, saßen in einer Küche mit Schneelicht und umschlichen einander mit Blicken.

»Sie kümmert sich wenig um ...«, sagte Bettina Tiller, und ich stand auf.

Ich sagte: »Darf ich mal telefonieren?«

Verwirrt von meinem abrupten Aufstehen zeigte sie in Richtung Flur. Ich ging ins Wohnzimmer, wo das Telefon stand, und rief Martin an, um ihn zu bitten, in die Lothringer Straße zu fahren. Da er gerade mit Eltern von Timos Klassenkameraden telefonierte und seine Recherche nicht unterbrechen konnte, gab ich Freya Epp den Auftrag, zu kontrollieren, ob Sara zu Carola Schild ging.

»Du bleibst in dem Lokal gegenüber und tust nichts«, sagte ich. »Außer der Junge taucht auf.«

»Was mach ich dann?«, fragte Freya.

»Dann bringst du ihn ins Dezernat.«

»Und das Mädchen?«

Ich sagte: »Wenn sie mit dem Jungen zusammen ist, nimmst du sie auch mit. Schaffst du das allein?«

»Du meinst, ob ich es schaff, mich allein in ein Lokal zu setzen und aus dem Fenster zu sehen?«

»Entschuldige«, sagte ich.

In der Küche fragte Bettina Tiller: »Haben Sie als Polizist kein Handy?«

»Nein.«

»Das ist aber seltsam.«

»Warum verbieten Sie Ihrer Tochter, sich mit Timo zu treffen?« Ich blieb stehen, nah beim Fenster, und verschränkte die Arme vor der Brust.

»Das ist kein Umgang für sie«, sagte Bettina Tiller. »Außerdem ... er ist jünger ... unsere Tochter kommt nächstes Jahr aufs Gymnasium, sie ist schon jetzt viel weiter als andere Kinder ...«

»Sara scheint Timo sehr zu mögen«, sagte ich.

»Das ist Quatsch!« Sie trank, setzte das Glas ab und trank noch einmal. »Ich möcht nicht, dass sie mit ihm Umgang hat, fertig. Und jetzt ruf ich Carola an und sag ihr, sie soll auf Sara aufpassen, bis ich sie abhol.«

»Haben Sie eine Erklärung, warum Frau Berghoff ihren Sohn ausgerechnet jetzt als vermisst gemeldet hat?«

»Nein! Sag ich doch.« Sie stand auf, stellte ihr Glas auf die Ablage neben der Spüle und ging ins Wohnzimmer. Wenig später kam sie zurück.

»Sara ist noch nicht dort«, sagte sie. »Soll ich Sie in die Stadt mitnehmen?«

»Ich bin selbst mit dem Auto da«, sagte ich. »Was sagt Ihr Mann zu alldem?«

»Das Gleiche wie ich.«

»Ist er in der Arbeit?«

»Ja«, sagte sie im Flur, während sie sich einen beigen Anorak und Fellstiefel anzog. »Er ist Vollzugsbeamter, in Stadelheim. Sie müssten ihn eigentlich kennen.«

»Ich bringe selten Leute ins Gefängnis«, sagte ich.

Eine Stunde später warteten wir in der Wohnung von Carola Schild auf Sara, aber sie kam nicht. Auch Freya, die von dem griechischen Lokal aus das Haus beobachtete, hatte das Mädchen nicht gesehen.

»Sie fahren jetzt nach Hause«, sagte ich zu Bettina Tiller. »Ich rufe Sie an.«

Anders als vorher wirkte sie über die Maßen besorgt. Seit wir in dieser Wohnung waren, hatten die beiden Frauen kaum ein Wort gewechselt.

»Wenn ihr was passiert ist, bist du schuld!«, sagte Bettina Tiller an der Tür.

Carola senkte den Kopf und seufzte.

»Meine Kollegin ist drüben in der Taverne«, sagte ich. »Wir reden dort weiter.«

Es war Mittwoch, und die Zahnarztpraxis hatte am Nachmittag geschlossen.

»Heut Abend sind die zwei wieder da, ganz bestimmt«, sagte Carola Schild. Es klang nicht überzeugend, und sie wusste es.

Sie hatte sich einen Weißwein bestellt, einen Schluck getrunken und das Glas wie angewidert von sich geschoben.

»Der Wein korkt«, sagte sie zu dem jungen Kellner mit dem Goldkettchen um den Hals.

»Was, äh?«, sagte er.

»Der Wein korkt.« Sie hielt ihm das Glas hin, er nahm es und ging zum Tresen, wo der Wirt in einer Zeitung las. Er schaute auf, sagte etwas auf Griechisch, holte ein frisches

Glas aus dem Regal und kam mit der Zweiliterflasche Wein an unseren Tisch.

»Der Wein kann nicht korken«, sagte der Wirt.

Er zeigte uns die Flasche mit dem roten Schraubverschluss. Dann schenkte er ein und gab Carola das Glas. »Probieren Sie!«

Sie trank einen Schluck. »Schmeckt wie vorher. Bringen Sie mir bitte ein Bier!«

Der Wirt grinste und ging zum Tresen zurück.

Nachdem sie das Bier bekommen hatte, trank sie, sah sich um und senkte den Kopf. »Hoffentlich ist dem Mädchen nichts passiert.«

Freya Epp hatte einen Block vor sich liegen und schrieb mit.

»Hoffentlich«, wiederholte Carola Schild und sah mich an.

»Eins nach dem anderen«, sagte ich.

Sie erwiderte meinen Blick und nickte.

»Timo Berghoff war bei Ihnen«, sagte ich. »Von wann bis wann genau?«

»Die ganze Nacht«, sagte sie stockend. »Auch ... Er war noch da, als Sie in der Praxis waren. Er hat schon öfter bei mir übernachtet.«

»Wusste Ihre Schwester Bescheid?«

»Nein. Kann sein. Ich weiß nicht.«

Ich wartete ab. Freya trank rasch einen Schluck Tee, der längst kalt sein musste.

»Wir reden nicht viel miteinander«, sagte Carola Schild.

»Wenn Sie gewusst hätte, dass er bei Ihnen ist, hätte sie keine Vermisstenanzeige erstattet«, sagte ich.

»Das kann man nicht wissen.«

»Wieso nicht?«

»Auf diese Weise könnt sie mich hinhängen«, sagte sie.

»Was haben Sie angestellt?«

»Sie sind naiv!«, sagte sie, trank, sah mich und Freya an, als wären wir Abgesandte der Ahnungslosigkeit, und trank noch einmal. »Wir sind Schwestern, Susanne und ich, wir hängen uns gegenseitig hin, seit wir geboren sind, sie ist zehn Jahre jünger als ich, ich bin jetzt neununddreißig. Als sie auf die Welt kam, war ich schon zehn und konnte keine kleine Schwester gebrauchen. Unsere Eltern wollten, dass ich mich um sie kümmer. Hab ich nie getan, ich hab sie allein im Zimmer gelassen, wenn ich ausgehen wollt und unsere Eltern beschäftigt waren. Sie hatten ein Hotel am Englischen Garten, natürlich haben sie gedacht, ich übernehm das mal, ich werd Hotelfachfrau, studier Betriebswirtschaft und steig dann in den Jetset ein. Und was war? Meine kleine Schwester ist im Hotelfach gelandet, kein besonderes Haus, eher eine Absteige, geht mich nichts an.«

»Leben Ihre Eltern noch?«, sagte ich.

»Ja«, sagte sie, »sie sind nach Kiel gezogen, führen da ein kleines Haus direkt am Wasser, ich war einmal dort, betuchte Kundschaft, Jetset wahrscheinlich, diese Leute haben mich noch nie interessiert.«

»Trotzdem konnte Ihre Schwester Ihre Freundschaft mit Timo nicht verhindern«, sagte ich.

»Das macht sie fertig«, sagte Carola Schild und nickte. Sie schwenkte das Glas hin und her, und der Bierrest schäumte ein wenig. »Und diesmal wollt sie mir die Polizei auf den Hals hetzen. Hat ja auch geklappt. Sie sind hier.«

»Timo blieb von Montag auf Dienstag bei Ihnen«, sagte ich.

»Von gestern auf heut auch«, sagte sie. »Er war nicht in der Schule. Was schauen Sie mich so an? Daheim wird er geschlagen, hier nicht.«

»Und heute?«

»Heut hab ich ihn nach Hause geschickt, wie immer. Was denn sonst? Gegen zehn ist er weg.«

»Allein?«

»Ja«, sagte sie.

»Er ist neun Jahre alt«, sagte ich.

»Ich hab ihn zur S-Bahn am Ostbahnhof gebracht, wie immer. Er ist gern allein unterwegs, er fährt bis zur Haltestelle Unterhaching und läuft dann nach Hause. Er kann das.«

Sie hielt das Glas hoch, bis der Kellner auf sie aufmerksam wurde. »Noch eins, bitte!«

Wenn es stimmte, was Carola Schild erzählte, dann kam Timo am gestrigen Dienstag nach Hause, während seine Mutter bereits im Hotel war, schrieb den Zettel, klemmte ihn an die Tür und verschwand. *Mach dir keine Sorgen, ich komm schon mal wieder ...* Und welche Rolle spielte Sara dabei?

»Haben Sie heut noch etwas von Timo gehört?«, fragte

Freya. Ich war froh, dass sie mich aus meinem Gedankenknäuel befreite.

»Ja«, sagte Carola Schild. »Er ist noch mal zurückgekommen.«

Der Kellner brachte das Bier.

»Korkt nicht, das Bier, hä?«, sagte er.

Carola nickte.

»Er ist noch mal gekommen«, sagte ich.

»Ja.«

Ich wurde nur selten ungeduldig, fast nie, jetzt schon.

»Frau Schild«, sagte ich, »wir sitzen hier nicht zum Vergnügen, meine Kollegin und ich ermitteln in einem Vermisstenfall. Wann ist Timo noch einmal zurückgekommen und wo ist er jetzt?«

Sie wollte trinken, aber ich griff nach ihrem Handgelenk.

»Wo ist er jetzt?«

Sie zog ihre Hand weg. »Weiß ich nicht. Sara hat angerufen, sie wollt ihn sprechen, und danach ist er so schnell weg, dass ich ihn nicht aufhalten konnt. Ich weiß nicht, wo er ist, ich schwörs Ihnen.«

»Wann hat Sara angerufen?«, fragte ich.

Meine Kollegin notierte jedes Wort.

»Vor zwei Stunden ungefähr. Ungefähr.«

»Ich hab den Jungen nicht rauskommen sehen«, sagte Freya.

»Er ist vor dir weg«, sagte ich. »Haben Sie mit Sara gesprochen, Frau Schild? Hat sie was gesagt, wo sie hin wollte?«

»Ich hab nur Hallo gesagt, ich konnt doch nicht ahnen ...

Timo hat gleich aufgelegt ... Ich weiß nicht, wo sie hin sind, ich weiß es nicht.«

Nun hatten wir zwei vermisste Kinder. Und ich rechnete nicht damit, dass sie bis zum Abend wieder bei ihren Eltern sein würden.

»Ich hätt Sie nicht anlügen dürfen«, sagte Carola Schild. Ich schwieg.

»Bitte denken Sie nach!«, sagte Freya. »Hat Timo nicht doch irgendetwas erwähnt, einen bestimmten Ort, einen anderen Freund, irgendetwas ...«

Draußen wurde es dunkel, und es fing wieder an zu schneien.

Von der Taverne aus rief ich bei Bettina Tiller an, natürlich hatte sie nichts von ihrer Tochter gehört. Zwischen Sara und Timo musste eine enge Beziehung bestehen, anders war nicht zu erklären, dass sie ihn zu etwas aufforderte, was er sofort tat. Sie wusste, er wurde von der Polizei gesucht, und wollte ihn warnen. Kannte sie ein Versteck, wo sie unbemerkt bleiben konnten? Was war es, das die beiden aneinander schweißte? Was war es, das uns sowohl Timos Mutter als auch Saras Mutter verheimlichten? Oder wussten sie es auch nicht? Und was sagten die Väter? Bisher hatten wir nur mit den Müttern gesprochen.

Ich hoffte, Martin hatte Hajo Berghoff in Wolfsburg erreicht, und nahm mir vor, so schnell wie möglich mit Frank Tiller zu sprechen.

»Hoffentlich stößt den beiden nichts zu«, sagte Carola Schild.

Noch in derselben Nacht begann unsere Fahndung, die ich bald als so vergeblich empfand, als suchte ich nach einer Träne im Schnee.

8 Nichts geschah, und die Journalisten nutzten dieses Nichts für eine ekstatische Berichterstattung. Zwei verschwundene Kinder zur selben Zeit, die noch dazu befreundet waren – so einen Fall hatte es in der Stadt noch nicht gegeben. Die Fotos von Sara und Timo erschienen in sämtlichen Tageszeitungen. Bereits am ersten Tag der Berichterstattung, die zunächst im Fernsehen und Radio anlief, bevor die Abendausgaben der Zeitungen folgten, riefen hundertdreiundzwanzig Personen im Dezernat 11 an, um uns mitzuteilen, sie hätten die Kinder gesehen. Bis spät in die Nacht überprüften wir jeden einzelnen Hinweis, fuhren zu den abgelegensten Gegenden, nahmen sogar vorübergehend zwei Männer fest, die von Nachbarn beschuldigt worden waren, die Kinder in ihrem Auto – »Ein blauer Opel mit Heckspoilern, ganz sicher!« – mitgenommen zu haben, was sich als Irrtum herausstellte. Wir führten ungefähr zweihundert Telefongespräche, nur um hinterher eine weitere Spur abzuhaken.

Nichts geschah. Wir irrten durch eine Nebelbank. Wir, das waren mittlerweile fünfunddreißig Kriminalisten der »Soko Sara«, die der Leiter des Dezernats, Karl Funkel, im Lauf des Donnerstagnachmittags zusammengestellt hatte. Nicht nur Kollegen aus der Vermisstenstelle arbeiteten darin mit, auch Kollegen aus anderen Abteilungen. Sogar Sonja Feyerabend kam trotz ihrer schweren Erkältung ins Büro an der Bayerstraße, da sie eine der erfahrensten

Fahnderinnen und gerade bei Kindsvermissungen für die Angehörigen eine wichtige Ansprechpartnerin war.

Aber nichts geschah. So detailliert wie möglich hatten Martin Heuer und ich die Vermisstenmeldung ans LKA geschickt, wir erwähnten das Telefonat zwischen den Kindern und Saras Ohrfeige, wir beschrieben die üblichen Wegstrecken, die sie gingen oder mit der S-Bahn fuhren, baten um dringende Benachrichtigung der Kollegen in Norddeutschland, da wir nicht ausschließen wollten, dass die Kinder, aus welchen Gründen auch immer und obwohl wir keine konkreten Hinweise darauf hatten, Timos Vater besuchten. Und Hauptkommissar Korn vom LKA, der die Dringlichkeit des Falles jetzt einsah, formulierte Fernschreiben an sämtliche Dienststellen, die in Frage kamen, gab unsere Daten ins IN-POL-System ein, von wo diese über Nacht in die VERMI/UTOT-Datei des Bundeskriminalamtes überspielt wurden, alles Routine.

»Setzen Sie Hubschrauber ein?«, fragte ein Reporter in der Pressekonferenz am Donnerstag.

»Selbstverständlich«, sagte Karl Funkel.

»Warum ist der Vater des verschwundenen Jungen nicht da?«, fragte eine Reporterin.

»Er ist auf dem Weg«, sagte Funkel.

»Halten Sie sich bei den Familien zurück«, sagte Thon tonlos. Sein Verhältnis zur Presse war gespannt, und mehr als einmal war es passiert, dass er Journalisten angeblafft und sogar angeschrien hatte. In seinen Augen versauten diese Leute die Arbeit der Polizei, auch wenn man sie als Helfer bei einer Fahndung benötigte, was öfter vorkam, als ihm recht war.

Funkel hatte gelogen. Hajo Berghoff war nicht auf dem Weg zu seiner Frau, er behauptete, er dürfe unter keinen Umständen die Aufnahmeprüfungen schwänzen, sonst sei er unwiderruflich aus dem Rennen, und das könne er nicht riskieren.

Nach mehreren vergeblichen Versuchen war es Martin gelungen, Berghoff ans Telefon zu bekommen.

»Der Junge ist bei seiner Tante«, sagte er. Auf Martin machte er einen abwesenden, erschöpften Eindruck.

»Sie müssen nach München kommen«, sagte Martin.

»Das kann ich nicht, ich kann das nicht!«, sagte er. Wie seine Frau wiederholte er manchmal die Worte in einem Satz.

»Ihr Sohn ist spurlos verschwunden!«

»Ich brauch diesen Job, ich brauch diese Arbeit, ich muss das schaffen und das schaff ich auch!« Seine Frau hatte fast die gleichen Worte benutzt.

»Dann muss ich einen Kollegen zu Ihnen schicken«, sagte Martin. »Sie müssen eine Aussage machen.«

»Was soll ich denn aussagen?«, sagte er und ließ offenbar das Handy fallen, weil man hörte, wie es auf einen Steinboden knallte.

Martin zuckte zusammen.

»Entschuldigung ... was soll ich denn aussagen? Ich bin doch seit einer Woche weg, ich hab Timo doch nicht gesehen, ich weiß gar nicht ...«

»Haben Sie keine Angst, dass Ihrem Sohn was zugestoßen sein könnte?«

»Ja, aber ... ja, aber das Mädchen ist doch bei ihm, das Mädchen, Sie haben doch gesagt, die ... die ...«

»Die Sara«, sagte Martin.

»Ja, die Sara, Sie haben doch gesagt, die ist mit ihm weg, die ist weg mit ihm gleichzeitig ...«

»Herr Berghoff?«

»Ja? Ja?«

»Wo sind Sie jetzt?«

»Ich?«, sagte er. »Ich bin bei ... ich bin bei ... ich arbeite noch ...«

»Bei VW?«

»Nein, bei ... Ich bin hier, ich muss morgen um halb sechs raus, wir haben noch was durchzugehen, und ...«

»Wer ist ›wir‹?«, sagte Martin.

»Das ist die Frau Silb ... die Frau Sibelius, sie ist auch eines der Talente wie die anderen ...«

»Was für ein Talent?«, fragte Martin.

»Was?« Berghoff machte eine Pause. Er sprach mit Frau Sibelius. Martin trank einen Schluck kalten Kaffee. Ich saß ihm am Schreibtisch gegenüber und hörte mit.

»Was für ein Talent, Herr Berghoff?«

»Talent? Talente heißen die Bewerber, wir werden Bewerb ... wir werden Talente genannt von den Assessoren, also den ... den Ausbildern, den ...«

»Es wäre besser, Sie kämen nach München«, sagte Martin. »Und zwar schnell.«

»Dem Timo passiert nichts«, sagte Berghoff.

Am Ende des Gesprächs, das fast eine halbe Stunde dauerte, bettelte er geradezu darum, nicht nach München zurück reisen zu müssen.

»Ich brauch diesen Job«, wiederholte er zum siebten Mal.

»Ich brauch diesen Job, den brauch ich, ich bitte Sie!«

Hätten wir solche Aussagen auch nur annähernd wahrheitsgemäß den Journalisten mitteilen sollen?

»Stimmt es, dass der Junge schon ein paarmal von zu Hause ausgerissen ist?«, fragte ein Reporter.

»Nein«, sagte Thon.

»So kann man das nicht formulieren«, sagte Funkel gleichzeitig.

Zwei junge Frauen, die in der Nähe der Tür standen und mitschrieben, drehten sich zu mir um, ihre Mienen von Schadenfreude beseelt. Martin schaute demonstrativ zum Fenster.

»Bitte?«, fragte der Reporter, der die Frage gestellt hatte.

»Er hat sich bei seiner Tante versteckt«, sagte Thon und nestelte an seinem Seidenhalstuch.

»Wann war das?«

»Vor einem Jahr«, sagte Thon. Er wusste es nicht genau, was er nie zugegeben hätte – wie keiner von uns in dieser Runde.

»Haben seine Eltern damals die Polizei eingeschaltet?«, fragte der Reporter. Blitzlichter erhellten die Gesichter von Funkel, Thon und Paul Weber, der als ältester Kommissar des Dezernats regelmäßig an diesen Terminen teilnahm, ohne viel zu reden. In Funkels Strategie als Chef des Dezernats bildete Weber den unerschütterlichen Pol zu Thon, bei dem man damit rechnen musste, dass er seine Höflichkeit, die normalerweise so unerschütterlich war wie seine Geduld mit mir, schlagartig vergaß, wenn ihm eine Frage nicht passte.

»Nein«, sagte Funkel.

Einige Sekunden herrschte Schweigen.

»Schließen Sie eine Entführung aus?«, fragte eine Reporterin.

»Was genau meinen Sie mit Entführung?«, fragte Funkel und kratzte sich an der schwarzen Stoffklappe über seinem linken Auge. Bei der Festnahme eines Drogenhändlers war er vor vielen Jahren so schwer verletzt worden, dass die Ärzte das Auge nicht mehr retten konnten.

»Um Geld zu erpressen«, sagte die Frau, die einen dicken blauen Schal um den Hals trug.

»Wir schließen nichts aus«, sagte Funkel.

»Die Eltern der beiden Kinder sind nicht sehr wohlhabend«, sagte Thon, den Blick zur Tür am anderen Ende des Raumes gerichtet, wo Martin und ich standen.

»Wir müssen also von einem Sexualtäter ausgehen«, sagte die Frau mit dem Schal.

»Vorerst gehen wir nur davon aus, dass die beiden Kinder nicht nach Hause gekommen sind«, sagte Funkel. »Wir haben im Moment keinen Anlass, ein Verbrechen in Erwägung zu ziehen.«

Natürlich hatten wir einen Anlass. Das bloße Verschwinden der Kinder war Anlass genug, und doch zweifelten wir daran. In anderen Bundesländern war es zweimal passiert, dass zwei Kinder zur gleichen Zeit an derselben Stelle verschwanden und, wie sich hinterher herausstellte, in das Auto eines Fremden gestiegen waren, wobei es sich in beiden Fällen um Frauen gehandelt hatte, von denen jede unter starkem psychischem Stress stand, eine von ihnen war schwer depressiv und verhaltensgestört. Beide hatten ihre Opfer nach wenigen Stunden freigelassen und waren bald darauf festgenommen worden.

Wir konnten uns an keinen Fall erinnern, bei dem ein Sexualtäter zwei Kinder gleichzeitig entführt und missbraucht hatte.

Trotzdem war – wie immer – alles möglich, Kinder und Jugendliche, vor allem Mädchen, verschwanden und tauchten nie wieder auf. Nie würde es einen Grabstein mit ihren Namen geben, nie bekämen die Eltern die Chance sich zu verabschieden, nie wurden ihre Daten aus unseren Computern gelöscht. Und trotz allem Trotzdem: An diesem Donnerstag, dem ersten Tag der offiziellen Fahndung, glaubten wir nicht an ein Verbrechen, obwohl Martin die Meldung ans LKA mit einem entsprechenden Vermerk versehen hatte, damit ihn der Kollege Korn nicht fünf Minuten später anrief und fragte, ob er etwa davon ausgehe, dass die Kinder einen Bummel über die städtischen Weihnachtsmärkte machten.

Woran wir unseren Glauben hängten war etwas, das wir den Journalisten in dieser Form niemals hätten sagen können, weil sie angesichts vieler Tragödien mit verschwundenen Kindern während der vergangenen Jahre reflexartig von einem ähnlichen Schicksal ausgingen und die Art ihrer Berichterstattung schon feststand, unabhängig von den Fakten und dem frühen Zeitpunkt unserer Ermittlungen.

Eine Lehre, die ich aus zwölf Jahren Arbeit auf der Vermisstenstelle für mich gezogen hatte und die mir Paul Weber, als ich ihn fragte, was er davon halte, sofort bestätigte, war: Wenn jemand – ein Erwachsener oder ein Jugendlicher oder ein Kind – ohne jegliche Voraussetzungen verschwand, dann mussten wir davon ausgehen, dass er tot war.

Bis zu diesem vierzehnten Dezember gab es für diese These keine Antithese. Natürlich gelang es uns nicht in allen Fällen die Leiche zu finden, und bei etwa zwanzig Totauffindungen im Jahr blieb die Todesursache ungeklärt, weil es sich meist um derart verunstaltete Wasserleichen handelte, an denen die Künste des Pathologen versagten.

Einen Vermissten jedoch, bei dem wir nach monatelanger intensivster Arbeit keinen Grund für sein plötzliches Wegsein nachweisen konnten, würden wir nicht lebend wiederfinden. Davon waren wir überzeugt.

Was uns im Fall von Timo und Sara davon abhielt, zu diesem Zeitpunkt ein Verbrechen in Erwägung zu ziehen, waren zwei Details, die wir in den Mittelpunkt unserer Überlegungen innerhalb der Sonderkommission stellten: Saras Ohrfeige für den Jungen auf dem Schulhof und ihr Anruf in der Wohnung von Carola Schild.

»Sie wissen mehr als ihre Eltern wissen«, sagte Sonja Feyerabend in unserer ersten Besprechung am frühen Donnerstagnachmittag. »Sie haben sich verabredet und verstecken sich jetzt.«

»Vielleicht wissen ihre Eltern auch mehr, als wir wissen«, sagte ich.

»Und Timos Vater ist immer noch nicht da.«

»Sollen wir Carola Schild ins Dezernat bestellen?«, fragte Thon.

»Das ist nicht nötig«, sagte ich.

»Bist du sicher?«

»Ja«, sagte ich.

Thon kratzte sich mit dem Finger am Hals und klopfte mit der Spitze seines Zigarillos auf den Tisch. Rauchen durfte er nicht, weil Sonja anwesend war.

»Es ist doch unmöglich, dass die beiden niemand gesehen hat!«, sagte Funkel.

Zu diesem Zeitpunkt – die ersten Berichte waren im Fernsehen gelaufen – hatten zwar schon zirka vierzig Leute angerufen, doch ihre Angaben brachten uns nicht voran.

Wir hatten nichts, und nichts geschah.

Am Freitag waren die Zeitungen voll von Berichten über die Kinder, ihre Fotos prangten auf der ersten Seite, weiter hinten kamen Mitschüler zu Wort, und schließlich folgten die unvermeidlichen Hinweise inklusive der Fotos, die jeder Leser von früher kannte, auf vergangene Vermisstenfälle, bei denen Kinder entführt, missbraucht und ermordet worden waren. Die Telefone im Dezernat klingelten ununterbrochen.

»Ein grünes Auto mit Gepäckträger, direkt vor dem Baumarkt ...«

»In der Linie U4 Richtung Max-Weber-Platz, mit einer Frau, hat ausländisch ausgesehen ...«

»Am Hauptbahnhof, da wo die Jugendlichen immer stehen, oben beim ›Burgerking‹, ich wollt sie schon fragen, was sie allein da machen, aber dann ...«

»Er ist an mir vorbeigerast, ein schwarzer Kombi, dunkel getönte Scheiben, ich hab nur die Hand gesehen, so eine Kinderhand an der Glasscheibe ...«

Wir notierten jede Aussage, jede Adresse, jeden Namen, wir riefen die Taxizentralen an, die Krankenhäuser, wir versuchten, jeden einzelnen Lokführer der S-Bahnen zu erreichen, der am Mittwochnachmittag Dienst hatte und auf der Strecke zwischen Unterhaching und München-Ost unterwegs war. Wir verteilten Kopien der Fotos in den S- und U-Bahnen, wir beantragten einen Hubschrauber, der noch am Donnerstagabend über Haidhausen und Unterhaching kreiste. Fünf Streifenwagen fuhren mehrmals die Strecke zwischen Elternhaus und der Wohnung von Carola Schild in der Lothringer Straße ab, wir klingelten an jedem Haus am Falkenweg und in den angrenzenden Straßen, durchsuchten Dachgeschosse und Keller, die als Verstecke hätten dienen können, auch in der Schule, und wir starteten am Freitagmorgen eine Suche mit Hunden und Pferden im Perlacher Forst und im Fasanenpark, der nicht weit von den Wohnungen der

Kinder entfernt lag, wobei die Kollegen von Waldarbeitern, die sich in der Gegend auskannten, unterstützt wurden.

Am Freitagnachmittag berief Funkel eine Sitzung im kleinen Kreis ein, an der außer mir nur Martin, Thon, Sonja Feyerabend, Paul Weber und Freya Epp teilnahmen.

»Die Maschinerie läuft ausgezeichnet«, sagte Funkel. »Die Presse kriegt ihre Bilder, wir tun, was wir können. Aber ich glaub nicht, dass wir Erfolg haben werden.«

Keiner von uns widersprach.

»Die Kinder können sich irgendwo versteckt haben«, sagte Sonja. »Das bedeutet nicht, dass sie in Sicherheit sind.«
Sie trank grünen Tee und tupfte sich die Nase, die fabelhaft gerötet war.

»Morgen früh sprichst du«, sagte Funkel und meinte mich, »mit dem Ehepaar Tiller, dann mit Saras Mutter und dann noch einmal mit Carola Schild. Und dann möcht ich, dass wir einen entscheidenden Schritt weiter sind. Wenn wir schon so tun, als wären wir überzeugt, dass den beiden nichts passiert ist, dann muss es neben der Ohrfeige und dem Anruf noch was geben, das uns hilft, eine Familiensache, etwas hinter den Kulissen, in einem abgesperrten Zimmer. Und für abgesperrte Zimmer bist du zuständig.«

»Ja«, sagte ich.

»Wenn die Presse mitkriegt, dass der Vater in Wolfsburg bleibt und wir ihn nicht holen, kriegen wir Ärger«, sagte

Thon. »Und das kotzt mich jetzt schon an. Wir bringen ihn hierher.«

»Die Kollegen sollen ihn erst einmal vernehmen«, sagte ich.

»Nein!«, sagte Thon. »Ich will den hier haben! Sein Sohn ist verschwunden, und ich will mit dem Vater persönlich sprechen! Und zwar morgen früh! Bitte rufen Sie die Kollegen an ...« Er wandte sich an Freya Epp. »Sie sollen ihn runterbringen, im Auto! Heute Abend noch!«

Freya stand auf und verließ Funkels Büro, wo die Besprechung stattfand.

»Er wird nicht kommen«, sagte ich.

»Das ist schlecht«, sagte Funkel.

»Das ist Scheiße!«, sagte Thon, der solche Ausdrücke selten benutzte. Er nestelte an seinem Halstuch und roch an den Fingern, als überprüfe er den Geruch des Waschpulvers. »Ich hab den Bericht gelesen ...« Er sah Martin an, der ihm schräg gegenübersaß. »Der Mann spinnt doch! Da ist sein Kind spurlos verschwunden, und er denkt nur an sich! Ich dulde das nicht.«

Es klang, als spräche er zu seinen Kindern.

»Es ist besser, wenn der Vater hier ist«, sagte Funkel. Dann griff er nach einer seiner Pfeifen, betrachtete sie eine Weile und schaute von seinem Platz hinter dem Schreibtisch in unsere Runde.

»Was machen wir, wenn die Presse etwas vom heutigen Abend erfährt?«, fragte er, hauptsächlich an Sonja gewandt.

»Sie erfährt nichts«, sagte Weber in entspanntem Tonfall. »Hier kommt niemand ins Haus.«

»Man kann nie wissen«, sagte Funkel und sah auf die Uhr. »Die Sachen werden bald geliefert. Wenn von den Leuten jemand was ausplaudert ...«

»Das tun die nicht«, sagte Weber, der mir zum ersten Mal seit dem Tod seiner Frau ein wenig leichter vorkam, seines unvermindert mächtigen Kugelbauchs zum Trotz. »Das sind verschwiegene Türken, die kennen uns seit Jahren, eher erzählen die uns was als der Presse. Was meinst du?«

»Dasselbe«, sagte ich.

»Ist schon eine heikle Situation«, sagte Sonja.

»Wir waren auch schon mal mitten in einem Mordfall«, sagte Funkel.

Es half kein Herumreden. Aus Gründen, für die wir keine Erklärung hatten und die bei jedem von uns vermutlich unterschiedlich geartet waren, sahen wir alle Jahre wieder mit einer gewissen Freude unserer dezernatsinternen Weihnachtsfeier entgegen, auch ich, obwohl ich dort meist nichts anderes tat als mich dem türkischen Essen hinzugeben, den Reden halbohrig zuzuhören und meinem dreiundvierzigjährigen besten Freund Martin dabei zuzusehen, wie er allen Ernstes auf offener Bühne und vor Kollegen, von denen er einige nicht einmal näher kannte, Luftgitarre zur Musik der siebziger Jahre spielte. Angeblich plante er sogar, an der demnächst in München stattfindenden Vorausscheidung zur Weltmeisterschaft der Luftgitarrespieler in Finnland teilzunehmen.

An diesem Freitag allerdings, als wir von Funkels Büro in die zwei Stockwerke tiefer gelegene Vermisstenstelle zurückkehrten, ahnte ich nicht, dass mir unsere diesjährige Weihnachtsfeier nicht wegen Martins *clapton*artiger Riffs in immerwährender Erinnerung bleiben sollte.

9 Er begann mit »Layla« und endete mit »White Room«, dazwischen lagen Kurzversionen von »Pictures of Matchstickmen«, »Smoke on the Water« und »Paranoid«, bei Letzterem stand Sonja Feyerabend demonstrativ auf und ging zur Toilette. Als sie zurückkam, machte sie das Gesicht einer entsetzten Frau.

»Das war doch jetzt eine Halluzination«, sagte sie.

»Unbedingt«, sagte ich. »Es ist sehr wichtig, dass Sie sich die Gitarre vorstellen können, sonst funktioniert die Show nicht, genau wie für den Künstler.«

»Welchen Künstler meinen Sie?« Sie trank türkischen Rotwein, der ihr nicht schmeckte, was an ihrer Erkältung liegen konnte.

»Diese Leute verstehen etwas von Musik«, sagte ich. »Sie beherrschen die Technik des Gitarrenspiels, sie können sich auf der Bühne bewegen, sie haben ein musikalisches Gehör.« Ich trank ebenfalls türkischen Rotwein, der mir schmeckte.

»Darf ich Ihnen verraten, was ich gesehen habe?«, sagte sie, zerrupfte das Weißbrot und tunkte den Rest Tomatenmus von ihrem Teller.

»Eigentlich nicht«, sagte ich.

»Ich hab einen erwachsenen Mann gesehen, der kindische Bewegungen macht«, sagte sie, kaute und blickte über den Tisch, auf dem mehrere Teller mit Gemüse, Salaten, verschiedenen Oliven und Pepperoni standen. An einem Büfett, das der türkische Wirt an der Wand aufge-

baut hatte, gab es warme Gerichte, und der schlauch-
artige funktionale Raum mit der Neonbeleuchtung war
erfüllt vom Duft nach Gewürzen und gekochtem Fleisch.
Knapp siebzig Polizisten waren zu der Weihnachtsfeier
gekommen, sie gehörten zu den vier Kommissariaten
des Dezernats 11, zu Mord, zu der Todesermittlung,
der Brandfahndung und der Vermisstenstelle, außerdem
zwei Kollegen aus der neu installierten OFA-Abteilung,
die sich mit operativer Fallanalyse beschäftigte, mit Tä-
terprofilen und speziellen Vernehmungstaktiken.
Im Augenblick beschäftigten sich alle mit der Darbietung
von Martin Heuer.
»Zwei Songs hat er letztes Jahr schon gebracht.«
»Sind eh Oldies!«
»Es gibt schon merkwürdige Hobbys.«
»Du musst grad reden mit deinen tausend Feuerwehrautos.«
»Echt, du sammelst Feuerwehrautos? So kleine rote? Ich
auch!«
Martin hatte sein Hemd ausgezogen und sich auf der Toi-
lette das Gesicht gewaschen, ohne es abzutrocknen. In
seinem grauen engen T-Shirt wirkte sein Körper klapprig
und seine Hautfarbe aschfahl.
»Alles okay?«, sagte ich.
Er setzte sich zu uns an den Tisch, kippte seinen Rotwein
hinunter und schenkte sich das Glas erneut voll. Dann
zündete er sich eine Salem-ohne an und hielt Sonja die
Packung hin.
»Danke«, sagte sie. »Ich rauch nicht.«

»Neulich hab ich dich rauchen sehen.«

»Das war eine Ausnahme.«

»Verstehe.«

Ein Freund des türkischen Wirts, der ein Lokal in der nahen Goethestraße betrieb, war für die Musik zuständig. Er hatte eine kleine Stereoanlage und Boxen mitgebracht und legte nun aktuelle Popmusik auf. Zu späterer Stunde wurde gewöhnlich getanzt, auch wenn die Frauen deutlich die Minderheit bildeten.

»Nicht schlecht«, sagte ich zu Martin. Seit seinem Auftritt hatten wir noch nicht miteinander gesprochen.

»Nächstes Jahr nehm ich an der Weltmeisterschaft teil«, sagte er. »Und deswegen muss ich im deutschen Wettbewerb unter die ersten drei kommen. Drei dürfen mitfahren.« Er trank und rauchte, und ich wünschte, er würde weniger trinken und weniger rauchen.

»Finden Sie das nicht albern?«, sagte Sonja. Sie trug einen dunklen Hosenanzug, der teuer aussah, und hatte ihre Lippen rot geschminkt, was sie selten tat. Sie war von einer aparten Schönheit.

»Jetzt pass auf«, sagte Martin. »Ich mag das nicht, das Gesieze, ich duz dich und ich biete dir hiermit das Du an, ich bin der Ältere.«

Er hielt ihr tatsächlich die Hand hin. Sonja zögerte einen Moment, dann nahm sie sie. Und ich bemerkte, wie sie für eine schnelle Sekunde zusammenzuckte, und ich wusste, warum. Vermutlich war seine Hand schneekalt.

»Also gut, Martin«, sagte Sonja.

Er gab ihr einen Handkuss und statt zu lächeln trank er sein Glas leer und sah zu den anderen Tischen, bis er eine volle Flasche entdeckte. Er ging hin.

»Und Sie?«, sagte Sonja. »Wollen Sie auch geduzt werden?«

»Unbedingt«, sagte ich. Wir hoben unsere Gläser und stießen an.

»Möge es nützen!«, sagte Martin, der zum Tisch zurückkam, in der Hand eine Flasche Rotwein und eine Schale mit Pistazien, die er Sonja hinhielt. Sie lehnte ab.

»Seit wann machst du das?«, fragte Sonja.

Martin schenkte Wein in die drei Gläser und knackte Pistazien.

»Seit ich dreizehn oder vierzehn war.«

»Aber jetzt bist du dreiundvierzig.«

»Egal«, sagte er. »Manche Dinge bleiben dir, Dinge, mit denen du spielst, und Dinge, die dir nicht gut tun, du hast sie von Anfang an und wirst sie nie los. Möge es nützen!« Er trank und steckte sich eine Zigarette an.

Sonja, die zum ersten Mal als Kriminalistin der Vermisstenstelle an der Weihnachtsfeier teilnahm, winkte zwei Kollegen von der Mordkommission zu, mit denen sie viele Jahre gearbeitet hatte und die als eingeschworenes Zweierteam im gesamten Dezernat bekannt waren: Josef Braga und Sven Gerke, zwei fast zwei Meter große Männer Anfang dreißig, von denen der eine, Gerke, einen raffinierten, an den Enden nach oben gezwirbelten Schnurrbart trug, ein gepflegtes Kunstwerk aus Haaren, mit dem er bereits an einigen Wettbewerben teilgenommen hatte. Sein Kollege hatte die Angewohnheit, seltsam zu grinsen, ohne dass er sich selbst, wie er versicherte, diese Mimik, die sein ovales Gesicht verzerrte, erklären konnte. Kurioserweise spielten sie beide in verschiedenen Basketballteams und gingen sich auch sonst außerhalb des Büros aus dem Weg, während sie vor allem in Sonderkommissionen, in die sie regelmäßig berufen wurden, unzertrennlich und sehr effektiv waren.

»Servus!«, rief Braga über zwei Tische hinweg.

»Servus!«, rief Gerke und sein Schnurrbart, unter dem der Mund kaum zu sehen war, bebte.

»Servus!«, rief Martin.

Ich rief: »Servus!«

Sonja rief nichts.

Dann verfielen wir in duzvolles Schweigen.

Als wir miteinander tanzten, schwiegen Sonja und ich in das Schlurfen unserer Schritte hinein und in die Gesichter um uns herum, in die verdeckten Blicke der Ermittler unserer Nähe.

»Beginnt da was zwischen ihr und dir?«, hatte mich Paul Weber gefragt, und ich hatte gesagt: »Vielleicht.«

Ich war kein Künstler als Tänzer, ich machte Schritte, hielt Sonjas Hand und umfasste ihren Rücken, berührte den weichen Stoff der Bluse und stieß mit meinem Bauch, den es sichtlich gab, gegen ihren, den es unsichtlich gab, und sie lächelte auf eine Art, die anrührend war.

»Hast du auch noch andere Hosen und Hemden?«, fragte

sie. »Ich seh dich immer in denselben Sachen, nicht, dass sie mir nicht gefallen würden, ich find sie ... ungewöhnlich ... für einen Polizisten ...«

Wir drehten uns im Kreis zu einem Song, der, wie uns der Discjockey durch sein Mikrofon mitgeteilt hatte, von einer karibischen Sängerin stammte, die vor kurzem bei einem Flugzeugabsturz ums Leben gekommen war. Unser Tanz passte nicht zum rasanten Rhythmus, aber wir kümmerten uns nicht darum. Wir tanzten schon nicht mehr wegen der Musik.

»Ich habe zwei von diesen Lederhosen, die an den Seiten geschnürt sind«, sagte ich, »und mehrere weiße Baumwollhemden. Damit komme ich gut durch den Tag.«

Sie strich mir über den Bauch, nahm die Hand sofort wieder weg.

»Ich bin übergewichtig«, sagte ich. »Ich habe zu lange Haare für mein Alter und ich rasiere mich nicht gern.«

»Und du sprichst nicht gern«, sagte sie.

Zum Beweis schwieg ich. Die karibische Sängerin gab schrille Laute von sich, die klangen, als würden sie von exotischen Vögeln ausgestoßen.

»Von Paul Weber habe ich gelernt, dass die wichtigste Fähigkeit eines Kriminalisten das Zuhören ist«, sagte ich. Meine Hand umschloss den Abdruck ihres Büstenhalters auf ihrem Rücken.

»Ich muss was trinken«, sagte sie.

Wir gingen zurück zum Tisch, an dem Martin und Paul Weber saßen. Sie hatten uns die ganze Zeit beobachtet.

Sonja trank Mineralwasser, und ich ging zum Büfett, neben dem ein Aluminiumfass mit Bier auf einem Tischchen stand. Ich zapfte mir ein Glas.

»Ich muss dauernd an das verschwundene Mädchen und den Jungen denken«, sagte Weber. Zur Feier des Tages trug er ein frisch gewaschenes, weißblau kariertes Hemd und eine offensichtlich kürzlich gereinigte Kniebundhose. Mit seinen geschneckelten Haaren, den buschigen Augenbrauen und dem breiten konturlosen Gesicht hätte ihn jeder für einen gestandenen Bayern gehalten, der stolz auf seinen Freistaat war. Doch der neunundfünfzigjährige Hauptkommissar, der älter aussah, sprach nicht einmal einen ausgeprägten Dialekt, obgleich er ihn beherrschte, mit bayerischer Tümelei hatte er nichts zu schaffen. Er zog die Sachen an, weil er an sie gewöhnt war und seine Frau, die kürzlich gestorben war, ihn darin am liebsten gesehen hatte.

»Morgen knackst du die Eltern«, sagte Martin, dessen blau und rot geäderte Knollennase wie ein unförmiger Pfropfen in seinem bleichen Gesicht steckte.

»Mir kommt es vor, als würden jedes Jahr mehr Kinder weglaufen«, sagte Weber. »Früher wären sie gar nicht auf solche Ideen gekommen, sie hätten gar nicht gewusst, wo sie hin sollten, ich wär nicht weiter als bis zur Kirche in unserem Dorf gelaufen, dann hätt ich schon überlegen müssen, wo gehts weiter.«

»Nach der Statistik hat sich die Zahl nicht erhöht«, sagte Sonja ernst. Sie hatte rote Wangen und müde Augen, und aus ihrer Stupsnase tropfte es gelegentlich.

»In den letzten fünf Jahren möglicherweise«, sagte Weber. »Ich spreche von früher, als ich jung war. Weglaufen! Ich hab damals schon gewusst, egal, wo ich hinlauf, allein bin ich überall.« Er sah mich an. »Hast du mal dran gedacht abzuhauen, einfach aus dem Fenster zu klettern und weg?«

»Hat er«, sagte Martin wie aus der Ferne. »Das hat er.«

Ich schwieg. Dann lehnte ich mich zurück und verschränkte die Arme. »Ja«, sagte ich. »Ich habe dran gedacht und dann habe ich es getan.«

»Wann denn?«, fragte Weber, der wirklich überrascht war, weil wir uns in den vergangenen Jahren oft über Dinge unterhalten hatten, über die wir mit anderen nicht redeten, allenfalls er mit seiner Elfriede und ich mit Martin. Vermutlich war er der Meinung, ich hätte ihm von einem so einschneidenden Erlebnis erzählen müssen. Es hatte sich einfach nicht ergeben, und ich dachte nur selten daran. Der Junge und das Mädchen hatten mich darauf gebracht, und der Schnee vielleicht.

»Ich war zehn«, sagte ich.

»Und du hast mich nicht eingeweiht«, sagte Martin.

»So lange kennt ihr euch schon?«, fragte Sonja.

»Seit der Geburt«, sagte Martin.

»Und dann habt ihr beide beschlossen zur Polizei zu gehen.«

»Er hat es beschlossen«, sagte ich. »Ich hatte keine Vorstellung von meiner Zukunft.«

»Ich hatt auch keine«, sagte Martin, und als er das Weinglas hob, zitterte seine Hand. »Ich hab gedacht, Polizei, das kann nicht schwer sein. Und man muss nicht zur Bundeswehr.«

»Und dann hast du Tabor überredet«, sagte Sonja.

»Das war nicht nötig«, sagte ich.

»Erzähl, wie du weggelaufen bist!«, sagte Weber.

»Er wollt nicht zum Friseur«, sagte Martin.

»Hast du dich mit deinen Eltern gestritten?«, fragte Sonja.

»Nein«, sagte ich.

»Warum bist du dann weg?«, fragte Weber.

»Drei Tage war er verschwunden«, sagte Martin. »Das ganze verdammte Dorf war in Aufruhr.«

»Warum bist du denn weg?«, fragte Weber noch einmal.

Ich sagte: »Ich habe das Gesicht meiner Mutter nicht mehr ertragen.«

Ich sagte: »Wir waren in Amerika, mein Vater, meine Mutter und ich, wir waren in einem Indianerreservat, bei einem Sioux-Schamanen, er sollte meine Mutter heilen. Er sollte sie wieder gesund machen. Bis heute weiß ich nicht, wie mein Vater auf diesen Medizinmann gestoßen ist, ich weiß es nicht, er hat es mir verschwiegen, wie er so vieles verschwiegen hat. Ob ich eine bestimmte Eigenschaft von ihm geerbt habe, kann ich nicht sagen. Wie ihr wisst, verschwand er, als ich sechzehn war, ich konnte uns beide also nicht mehr beobachten. Aber in einem bin ich mir sicher: Das Schweigen, das habe ich von ihm geerbt, vollständig. Wir fuhren nach München und flogen von dort nach Amerika, zuerst nach New York, dann weiter nach Oklahoma City, wo wir in einen Bus stiegen. Seltsam ist, ich kann mich an wenig erinnern, ich sehe alte Gesichter und freundliche Frauen, und das flache Haus, in dem meine Mutter in einem weißen Bett lag. Die ganze Zeit während des Fluges habe ich gedacht, wir würden in einem Zelt übernachten, aber wir verbrachten die ganze Zeit in einem Haus. Einmal am Tag ging der Schamane mit meiner Mutter ins Freie, legte sie auf ein Lager aus Strohmatten und Decken und blies Rauch über sie. Er gab ihr aufgebrühte Kräuter zu trinken und hielt seine Hände über ihren entblößten Bauch, der weiß und flach war. Die Schmerzen waren in ihrem Bauch, und kein gewöhnlicher Arzt hatte ihr helfen können. Manchmal schrie sie in der Nacht, und mein Vater legte sich zu ihr und hörte ihrem Schreien mit unbändiger Geduld zu. Ich stand im Flur und horchte an der geschlossenen Tür. Mein Herz schlug schnell, und ich hielt mir die Ohren zu, ich schämte mich dafür, aber ich ertrug dieses Schreien nicht. Ich weiß nicht, woher mein Vater einen Schamanen kannte, ich weiß es nicht. Wir waren dort, der Medizinmann schenkte mir diese Kette mit dem blauen Stein, in den ein Adler geritzt ist. Der Adler ist ein Symbol für das Licht der Erkenntnis, sagte der Schamane. Dann, nach zwei Monaten, fuhren wir zurück, und meine Mutter hatte keine Schmerzen mehr. Ich feierte meinen neunten Geburtstag, meine Eltern schenkten mir ein Fahrrad, mein Vater sagte, weil ich so tapfer gewesen sei. Aber ich wusste nichts von meiner

Tapferkeit. Ich hatte nur Angst gehabt, die Angst stand wie ein Hochwasser in mir, das nie wieder zurückgehen würde. Das sagte ich ihnen nicht. Darüber habe ich nie mit ihnen gesprochen.

Zu meinem zehnten Geburtstag bekam ich eine Uhr, die ich eine Woche später bei einem Faustkampf verlor, ich machte sie ab, legte sie auf eine Bank in der Nähe, dann vergaß ich sie, und als es mir wieder einfiel, war sie nicht mehr da. Und dann bemerkte ich die Furcht im Gesicht meiner Mutter. Und es kam mir vor, als sei dieses Gesicht für alle Zeit erloschen, als könne kein Wind es je mehr streicheln, als seien die Striche, die früher Lippen waren, zu Drähten geworden, die bösartigen Strom in das Innere meiner Mutter leiteten, und sie spürte ihn schon und hatte keine Widerwehr.«

Ich schwieg.

»Das hab ich ja alles gar nicht gewusst«, sagte Weber.

Ich sagte: »Ist vorbei.«

Nach einer Weile sagte Martin: »Ich wär mitgekommen.«

»Ja«, sagte ich. »Dann hätten wir uns beide verlaufen.«

»Komm«, sagte Sonja, »komm mit!«

Im Abstand von Sekunden schrien wir die Wände an. Die Wände behielten unser Schreien für sich. Dann lag Sonja neben mir, ihr Bauch hob und senkte sich schnell, und sie musste sich aufrichten, um besser Luft zu bekommen. Ich saß im Bett, das Kopfkissen zwischen meinem Rücken und der Wand, und schwitzte. Der Schweiß lief mir übers Gesicht, mein Oberkörper war nass.

Wir schwiegen, tauschten keine Blicke. Das Fenster war geschlossen, ab und zu hörten wir den Motor eines Autos unten im Hof, einmal rief jemand einen Namen und ein Hund bellte.

Sonja zog die blaue Baumwolldecke über ihre Beine und den Bauch, aber nicht über den Busen, und ich nutzte die Gelegenheit ihn zu küssen.

Als ich mich wieder auf den Rücken drehte, sagte Sonja: »Das Wort Faustkampf hab ich lange nicht mehr gehört.«

Zuerst begriff ich nicht, worauf sie anspielte.

Dann sagte ich: »Ich auch nicht.«

Ich griff neben das Bett, nahm die Bierflasche und hob sie hoch.

»Schade, dass du keine Rede gehalten hast«, sagte ich.

Auch Sonja hatte auf ihrer Seite eine Flasche neben sich auf dem Boden stehen.

»Ich halte nie Reden«, sagte sie.

Wir tranken und sahen uns in die Augen.

»Dein Freund sieht nicht gut aus«, sagte sie.

»Er schläft zu wenig.«

»Und er trinkt und raucht zu viel«, sagte sie. »Hat er eine Freundin?«

»Ja.«

»Lebt er mit ihr zusammen?«

Obwohl Sonja seit einigen Monaten auf der Vermisstenstelle war und die beiden bereits ein paar Fälle gemeinsam geklärt hatten, wussten sie nahezu nichts voneinander. Sonja fragte nicht, und Martin erzählte nichts.

»Nein«, sagte ich. »Er besucht sie regelmäßig, immer nur nachts, sie arbeitet als Prostituierte, sie ist etwas älter als er, und ich glaube, sie lieben sich.«

Sonja drehte den Kopf zu mir. »Ihr seid beide merkwürdige Polizisten. Dass ihr euch ausgerechnet diesen Beruf ausgesucht habt!«

»Ich wollte schon aufhören«, sagte ich. »Wenn ich bei der Streife geblieben wäre, hätte ich gekündigt. Martin hatte kein Interesse am gehobenen Dienst, ihm machte die Uniform nichts aus, damals wenigstens.«

»Mir ist aufgefallen, du redest manchmal, als wärst du ein alter Mann.«

»Obwohl ich nicht viel erlebe«, sagte ich, »habe ich zu viele Erinnerungen, mit denen ich nicht fertig werde.«

»Was meinst du mit ›fertig werden‹?«

»Sie sind oft mächtiger als die Gegenwart.«

Sie wandte den Blick ab, die Hände in die Baumwolldecke gekrallt wie ein ängstliches Kind.

»Ist dir kalt?«, fragte ich.

»Ein bisschen.«

Ich legte den Arm um ihre Schultern, und sie schmiegte sich an mich. Sie schloss die Augen wie ich auch.

Nach einiger Zeit, während es still war und der Schweiß auf meinem Körper trocknete, sagte Sonja: »Wovon hast du dich im Wald ernährt? Hast du nicht einen wahnsinnigen Hunger gehabt? Du warst ein Kind!«

»Ich hatte zwei trockene Semmeln eingesteckt«, sagte ich. »Mehr habe ich mich nicht getraut mitzunehmen. Die habe ich in winzigen Bissen gegessen.«

»Hast du einen Plan gehabt, wie lange du wegbleiben willst?«

»Nein.« Ich schwieg. »Mein einziger Plan war weg zu sein.«

»Aber dann bist du doch zurückgekehrt, Gott sei Dank«, sagte sie.

»Ich hatte mich so verlaufen, dass ich gedacht habe, ich werde sterben. Allein, im Wald, in der Dunkelheit, und der Schnee wird mich begraben und im Frühjahr werde ich mit dem tauenden Schnee in der Erde verschwinden.«

»Hast du große Angst gehabt?«

»Anfangs schon«, sagte ich. »Aber am Nachmittag des nächsten Tages, nachdem ich die Nacht auf einem Hochsitz verbracht hatte, fing es zu schneien an. Und wenn es schneit, habe ich ein sorgloses Empfinden.«

»Merkwürdiger Polizist«, sagte sie wieder und legte ihre Hand zwischen meine Beine und ließ sie dort wie ein Obdach.

»Ich hätte es nicht tun dürfen«, sagte ich und roch an ihren Haaren. Ihr Kopf ruhte auf meiner Brust, und ich hielt sie fest, und es schneite in einer anderen Zeit und jetzt, draußen vielleicht, oder im Nebenzimmer, dessen Wände ich gelb gestrichen hatte.

»Und deine Eltern haben dich nicht von der Polizei suchen lassen?«, sagte Sonja.

»Nein«, sagte ich und sah verwundert zum Fenster, als überraschte mich diese Antwort. Damals, als mein Vater mich einsperrte und sagte, wenn ich nicht freiwillig zurückgekommen, sondern von der Polizei gebracht worden wäre, hätte er mich in ein Heim gesteckt, ich hätte Glück gehabt, dass er die Polizei noch nicht eingeschaltet hatte, weil meine Mutter überzeugt gewesen sei, ich käme von alleine zurück, damals erschien mir dieses Verhalten verständlich und logisch. Und dennoch war es ungewöhnlich, in gewisser Weise beinah verdächtig. Hatten meine Eltern kein Interesse mich wiederzufinden? Warum nicht? Waren sie zu sehr mit sich selbst beschäftigt, als dass sie Zeit zur Sorge um mich gehabt hätten? Rechneten sie damit, ich sei bei Freunden und wolle ihnen bloß einen Schrecken einjagen? Natürlich hatten sie sich bei Martin und seinen Eltern nach mir erkundigt, auch bei anderen Eltern meiner Klassenkameraden, natürlich hatten sie meine Lehrerin gefragt. Auf der örtlichen Polizeistation jedoch waren sie nicht gewesen, um mein Verschwinden zu melden. Niemand würde sich heutzutage so verhalten. Wenn ein Kind nach einer Stunde nicht nach Hause kommt, klingelt bei uns im Dezernat das Telefon und uniformierte Kollegen beginnen sofort mit den ersten Befragungen von Nachbarn, noch bevor überhaupt eine offizielle Anzeige vorliegt und wir die genaueren Umstände kennen.

Meine Eltern hatten einfach abgewartet.

Genauso wie die Eltern von Timo und Sara? Welches Motiv steckte hinter deren ungewöhnlichem, beinah verdächtigem Verhalten?

»Ich bin gespannt, was du morgen rausfindest«, sagte Sonja, als habe sie meine Gedanken gelesen. »Ich vermute, die Eltern wissen, wo die Kinder sind. Aber sie haben einen Grund es nicht zu sagen.«

»Was für ein Grund könnte das sein?«, fragte ich.

Sie überlegte. »Es gibt einen Haken bei dieser Theorie«, sagte sie schließlich.

»Einen großen Haken«, sagte ich.

»Ja, Susanne Berghoff hat ihren Sohn als vermisst gemeldet, sie hat sich freiwillig die Polizei ins Haus geholt, nicht sehr gescheit, wenn man etwas zu verbergen hat. Nein, vermutlich weiß sie nicht, wo sich ihr Sohn befindet.«

»Trotzdem wirkt sie ziemlich ruhig«, sagte ich.

»Willst du allein mit ihr sprechen?«

»Nein«, sagte ich, »zusammen mit Martin. Wir hören erst ihr zu, dann ihrem Mann und hernach Bettina Tiller und ihrem Mann, ich hoffe, wir bringen sie wirklich zum Sprechen.«

»Ich wär gern dabei.«

»Beim nächsten Mal«, sagte ich. »Du musst mit den Lehrern weitermachen.«

Wir schwiegen. Sonjas Hand fing an sich zu bewegen.

»Ich möcht, dass du noch einmal mit mir schläfst«, sagte sie.

Später, als wir ein Paar waren, sagte sie diesen Satz noch öfter, und manchmal ertappte ich mich dabei, dass ich darauf wartete.

Inmitten eines Gewirrs aus Stimmen und Telefonklingeln saß Paul Weber scheinbar unbeirrt an seinem Schreibtisch und hielt mir einen Zettel entgegen, auf dem er einen Vornamen und die Beschreibung eines Mannes notiert hatte.

»Guten Morgen«, sagte ich. Es war kurz vor acht, Samstag, sechzehnter Dezember.

»Guten Morgen, Herzensgewinnler«, sagte Weber.

Er wartete auf eine Bestätigung.

Ich sagte: »Ich bin mir nicht sicher, ob ich *so* weit vorgedrungen bin.«

»Das bist du«, sagte er, »schon davor.«

Es machte mich froh, dass ihm neuerdings wieder ein Lächeln gelang, das nun sein breites Gesicht zierte.

»Bogdan«, sagte ich. »Hat der Mann keinen Familiennamen?« Ich las Webers Notizen.

»Er wollte ihn nicht nennen. Er hat gesagt, er will nur mit dir sprechen. Ich hab ihn kaum verstanden, er hat nur gekrächzt.«

»Wann will er seine Beobachtung gemacht haben?«

»Mittwoch, gegen Abend.«

Weber hatte mich zu Hause angerufen, um mir mitzuteilen, ein Zeuge sei aufgetaucht, der die beiden Kinder gesehen habe.

»Er trägt einen ledernen Trapperhut?«, sagte ich. So stand es auf dem Zettel.

»So einen braunen mit Fransen«, sagte Weber. »Und einen schwarzen langen Mantel, du kannst ihn angeblich nicht übersehen, wenn ich das bei der Stimme richtig verstanden hab.«

»Ein Sandler«, sagte ich.

»Das glaub ich auch.«

»Ich rufe Martin an und sage ihm, er soll mich am Ost-bahnhof abholen.«

»Soll ich dich begleiten?«

»Nein«, sagte ich. »Wenn die Aussagen des Mannes was taugen, bringe ich ihn hierher.«

10

In einem Lokal im Untergeschoss des Ostbahnhofs traf ich auf einen alten Mann, dessen Stimme zerstört und dessen bartüberwuchertes Gesicht entstellt war.

Der Hut aus speckigem Leder passte nicht zum fusseligen verdreckten Mantel, das klobige Paar Bergschuhe nicht zu den roten Wollhandschuhen, die an den Fingerkuppen abgeschnitten waren, und die wuchtige, aufgedunsene Statur des Mannes nicht zu der Art, wie er mit abgespreiztem Finger die Espressotasse hielt. Vornübergebeugt saß er an einem kleinen Tisch an der Säule, neben sich einen vollgepackten grünen Rucksack. Er schien mich nicht zu beachten, als ich mich ihm gegenüber hinsetzte. So wenig wegen des graubraunen, schmutzigen Bartes von seinem Gesicht zu sehen war, es genügte, um die schlecht verheilten Narben, die verbrannten Hautfetzen, die Risse und dunklen Flecke zu erkennen, die ihm das Aussehen eines Verunglückten gaben, der aufgehört hatte in den Spiegel zu sehen.

»Sie sind Bogdan«, sagte ich.

Er schwieg. Er hielt die weiße Tasse in der Hand, den Ellbogen auf den Tisch gestützt, den Finger abgespreizt.

»Ich bin Tabor Süden«, sagte ich.

Jetzt bemerkte ich, dass er mich die ganze Zeit anschaute, unter wolligen Brauen hervor, die seinen Blick verdunkelten.

»Was möchten Sie?«, fragte der Kellner mit osteuropäischem Akzent.

»Kaffee.«

Bogdan stellte die Tasse neben den Unterteller. Ich zog den Reißverschluss meiner Lederjacke auf und strich mir die Haare aus dem Gesicht. Für einige Momente atmete ich Sonjas Geruch ein, als entströmte er meinen Händen, auch der Duft des Kaffees, der für so eine Kneipe ungewöhnlich heiß und stark war, überdeckte ihn nicht. Eine Weile blieb Sonjas Nähe meine Gegenwart, bis ich begriff, dass der Mann etwas gesagt hatte.

»Ich habe Sie nicht verstanden.«

Bogdan beugte sich vor, zögerte, zumindest kam es mir so vor, legte die Hand auf meine Schulter und näherte sich meinem linken Ohr. Ich drehte den Kopf ein wenig zur Seite.

»Schwere Nacht gehabt?«, flüsterte Bogdan mit heiserer Stimme, holte Luft, räusperte sich und lehnte sich zurück. Und dann tat er etwas, das mich erschreckte, ohne dass mir klar war, warum es mich erschreckte, denn es war nichts weiter als eine Erinnerung. Vielleicht überraschte mich nur das plötzliche Auftauchen dieser Erinnerung. Bogdan strich sich mit der flachen Hand übers Gesicht, von der Stirn bis zum Kinn, und hielt die Hand drei Sekunden vor den Mund, als habe er etwas Unrechtes gesagt und sei darüber erschrocken.

Eine ähnliche Geste kannte ich von meinem Vater, und ich hatte sie später nie wieder bei einem Menschen gesehen.

Vermutlich starrte ich Bogdan an, und er musste denken, ich urteile über sein Aussehen. Wieder kippte er mit seinem breiten Oberkörper nach vorn, hob schwerfällig den rechten Arm, drückte den Hut fester auf den Kopf, keuchte und legte die Ellbogen auf den Tisch, indem er seine Espressotasse und den Teller in meine Richtung schob.

»Sie haben die beiden Kinder gesehen«, sagte ich.

Er hob den Kopf und öffnete einen Spaltbreit den Mund. Dann ruckte er mit dem Kopf, und ich deutete es als Zeichen mit meinem Ohr näher zu kommen.

Mit brüchiger, schwer verständlicher Stimme sagte er: »Kinder ... bei den Bussen ... das Mädchen, das Mädchen ...«

Mehr verstand ich nicht.

»Ich verstehe Sie nicht«, sagte ich und hielt den Kopf still.

»Mädchen ... fragte mich nach einer ...straße ...«

Den Namen der Straße verstand ich nicht, aber ich wollte ihn nicht erneut unterbrechen.

»Hab ihr gesagt, wo ... und der Junge ...«

»Was war mit dem Jungen?«, fragte ich.

Ich spürte die verfilzten Barthaare am Ohrläppchen und vernahm ein eigenartiges Rascheln wie von Insekten in trockenem Laub.

»Junge ... hat ... geweint ...« Mit einem Ruck ließ sich der Mann nach hinten fallen, ein Rasseln kam aus seinem Mund.

»Der Junge hat geweint?«, sagte ich.

Bogdan nickte. Es war ein schnelles, unmerkliches Nicken.

»Warum hat er geweint?«, fragte ich.

Bogdans Augen wurden klein, er sah auf den Tisch, während er mit der Hand eine wischende Bewegung machte.

»Das Mädchen hat ihm eine Ohrfeige gegeben«, riet ich.

Er nickte mehrmals hintereinander, abgehackt wie ein Vogel.

»Warum hat sie das getan?«

Seine Stimme hievte die Worte nur bis zu den Lippen, wo sie im Bartgestrüpp verloren gingen. Jetzt war ich es, der sich vorbeugte. Wie vorhin legte ich den Kopf schief, damit er mein Ohr besser erreichen konnte.

»Junge ... hat Angst gehabt, glaub ... Heidenplatz ...« Er bekam keine Luft, strich sich wieder übers Gesicht, legte die Hand vor den Mund, ließ sie länger dort als vorher, zog den Kopf zwischen die Schulterblätter und blickte durch das Café, in dem Männer und Frauen einzeln an Tischen saßen und den Eindruck vermittelten, sie wären jeden Tag hier, vom Öffnen bis zur Sperrstunde, in Schweigen oder Gemurmel vertieft, abseits der Zeit. Draußen gingen Leute vorüber, auf dem Weg zu den Zügen oder von dort ans Tageslicht, manche mit Koffern, manche mit Plastiktüten, manche aßen etwas in aller Eile, manche tranken Bier aus Dosen. Ein Tourist verirrte sich ins Café und traute sich nicht umzukehren. Er setzte sich hin und bestellte einen Kaffee und beobachtete verschämt den Mann mit dem Lederhut und mich, die wir begonnen hatten zu schweigen.

Beide hockten wir vornübergebeugt da, Bogdan hatte die Arme auf den Tisch gelegt, als wolle er gleich seinen

Kopf darauf betten und schlafen, ich hatte die Arme verschränkt und stützte sie auf den Oberschenkeln ab und meine Haare berührten den Tisch.

Dann sagte ich: »Wollten die Kinder zum Haidenauplatz?«

Bogdan reagierte nicht, und ich wiederholte: »Haidenauplatz. Einen Heidenplatz kenne ich nicht.«

Er sagte Ja, aber ich hörte es nicht, ich sah nur, wie sein Mund sich öffnete und ein Ja formte.

»Sie haben Sie nach dem Weg gefragt«, sagte ich.

»Nach dem Heiden ... Haidenau ... platz«, sagte er mit großer Mühe. Offenbar verstand er jedes Wort.

»Haben Sie noch weiter mit den beiden Kindern gesprochen?«

Er schüttelte den Kopf so knapp, wie er nickte.

Ich schaute auf die Uhr. Am Telefon hatte ich mit Martin Heuer vereinbart, er solle um zehn vor dem Bahnhof im Auto auf mich warten. Jetzt war es zwanzig vor zehn.

Ich sagte: »Ich brauche Ihre Aussage schriftlich.«

Er schwieg.

»Ich formuliere den Text, und Sie unterschreiben ihn, sind Sie damit einverstanden, Bogdan?«

Er schwieg.

Ich dachte: Dieses Schweigen könnte von mir sein. Ich wusste nicht, wie ich auf diesen Gedanken kam.

»Sind Sie den ganzen Tag hier am Ostbahnhof?«

Ich beugte mich vor und legte den Kopf schief, mein Ohr auf Höhe seines Mundes.

»Ja«, sagte er fast stimmlos.

»Ich komme am Nachmittag wieder, Sie haben mir sehr geholfen. Vielleicht finden wir die Adresse am Haidenauplatz heraus, oder wir finden einen Zeugen, der die Kinder dort gesehen hat. Danke, dass Sie uns angerufen haben.«

Er hörte mir nicht zu, jedenfalls deutete nichts darauf hin.

»Möchten Sie etwas trinken?«, fragte ich. »Ich lade Sie ein.« Noch immer hielt ich den Kopf schief. Und obwohl ich geglaubt hatte, er versinke in Abwesenheit, stellte ich, als ich mich aufrecht setzte, fest, dass er mich anscheinend die ganze Zeit beobachtete.

Ich winkte dem Kellner.

»Ist dieser Mann öfter Gast bei Ihnen?«, fragte ich ihn.

»Ja, er trinkt Espresso, sonst nichts, Espresso.«

»Dann bringen Sie ihm noch einen auf meine Rechnung.«

Ich bezahlte und stand auf. »Auf Wiedersehen, Bogdan, wir sehen uns am Nachmittag.«

Zum dritten Mal wischte er sich übers Gesicht, bedeckte den Mund und stellte dann die kleine weiße Tasse auf den Unterteller.

In einer der Parkbuchten beim Taxistand wartete Martin in einem Dienstwagen. Als ich einstieg und mich auf die Rückbank setzte, las er Zeitung, und ich erzählte ihm von der Geste des Sandlers, die mich irritiert hatte.

»Du hast gestern viel von früher erzählt«, sagte Martin. »Deine Antennen sind offen.«

Vermutlich hatte er Recht.

Ich warf einen Blick auf die Zeitung und las: »Rekonstruktion des Spanferkels.« Das passierte mir oft, dass ich Wörter und Sätze las, die von dem, was tatsächlich dastand, grotesk abwichen. Die richtige Überschrift lautete: »Koalition steht zu ihrem Sparpaket.«

Bevor Martin die Zeitung weglegte, überflog er die Todesanzeigen, eine Angewohnheit, die ich teilte und die, so glaube ich, nur Menschen haben, die in einem Dorf groß geworden sind, wo ständig Menschen sterben, die man gekannt hat oder von denen man Angehörige oder einen ihrer Freunde kennt.

»Unvergessen«, las Martin vor. »Kreszentia Wohlgemuth.« Er deutete auf die Anzeige. »Eine Kolonialwarenhändlerswitwe.« Er wiederholte das Wort silbenweise. »Sie ist vor hundert Jahren gestorben, und ihre Leute geben noch heute ein Inserat auf. Das nennt man Gedenken.« Er warf die Zeitung neben mich auf die Bank und fuhr los.

Von unterwegs rief ich im Dezernat an, um die Kollegen zu bitten, die Adressen der Personen zu überprüfen, mit denen wir bereits gesprochen hatten, und die nahen Verwandten der Familien Berghoff und Tiller noch einmal nach einer Verbindung zum Haidenauplatz zu befragen. Vor allem aber verlangte ich nach Sonjas Stimme.

11

Hätte ein Eisbär zwischen den Eheleuten auf der Couch Platz genommen, er wäre nach wenigen Minuten erfroren. Hajo Berghoff hatte das eine Bein über die Lehne geschwungen, als richte er sich auf einen gemütlichen Fernsehabend ein, und tatsächlich blickte er ständig in Richtung des Geräts hinter mir. Susanne Berghoff hatte die Beine übereinander geschlagen, wobei sie den einen Fuß gegen den Knöchel des anderen presste, spielte mit den Fingern und bewegte sich keinen Millimeter. In den etwa siebzig Minuten unserer Vernehmung streckte Berghoff lediglich einmal sein Bein, bevor er es wieder über die Lehne legte, ansonsten blieben die beiden wie erstarrt sitzen, sahen sich kein einziges Mal an und redeten, als säßen sie in verschiedenen Zimmern. Und vielleicht stimmte das sogar, das Zimmer, in dem der Mann sich aufhielt, betrat seine Frau schon lange nicht mehr, und umgekehrt.

Weswegen ich die beiden gegen ihren Willen und gegen seine ursprüngliche Absicht gezwungen hatte sich nebeneinander auf die Couch zu setzen, war die Hoffnung, ich könnte auf diese Weise Aufschlüsse über das dritte Zimmer erhalten, das des kleinen Timo, dessen Abwesenheit seine Eltern offenbar nicht bedrückte. Ich wollte, dass sie ihrer Nähe nicht entkamen und der leeren Stelle darin.

Martin hatte einen Recorder auf den Couchtisch gestellt und sich an den Esstisch gesetzt, wo er sich Notizen

138

machte. Ich stand mitten im Raum, ging gelegentlich auf und ab, ohne das Ehepaar aus den Augen zu lassen. Auf Druck unserer Kollegen in Wolfsburg hatte Hajo Berghoff sich bereit erklärt, ein Flugzeug nach München zu nehmen, vorausgesetzt, er könne abends wieder zurückfliegen. Auf dem Franz-Josef-Strauß-Flughafen wurde er von hiesigen Polizisten erwartet und mit Blaulicht nach Unterhaching gebracht.

Berghoff war neun Jahre älter als seine Frau, wirkte jedoch im Gegensatz zu ihr agil und durchtrainiert, ein Mann, der regelmäßig ins Solarium ging und die Ausstrahlung jener Verkäufer besaß, die fähig waren, eine Mücke von einem Elefanten als Haustier zu überzeugen.

»Können Sie uns noch einmal erklären, warum Sie Ihren Sohn als vermisst gemeldet haben«, sagte ich.

Susanne starrte vor sich hin wie jemand, der nicht gemeint war. Berghoff zog die Stirn hoch und fixierte den Fernseher.

Eine halbe Minute verging in Wortlosigkeit.

»Timo ist seit Montagnachmittag verschwunden, er ist ...«

»Ist er nicht!«, sagte Susanne und quetschte den Daumen unter die Finger. »Ist er nicht, er war bei meiner Schwester, das ist doch bewiesen! Er war bei ihr, und sie hat ihn weggeschickt, und jetzt und jetzt ...«

»Wir lassen Ihren Sohn suchen, Herr Berghoff«, sagte ich. »Wir sind in großer Sorge um ihn, ich würde gern wissen, wieso Sie sich keine Sorgen machen.«

Das Telefon klingelte kaum hörbar. Susanne hatte den Ton leise gestellt, da ständig Reporter und Bekannte der

Familie anriefen. Vorsorglich hatte Martin aus dem Dezernat ein Diensthandy mitgebracht, damit wir erreichbar waren, falls es Neuigkeiten gab.

»Ich mach mir Sorgen«, sagte Berghoff. Er schürzte die Lippen, schloss halb die Augen. »Ich bin hier, oder? Aber: Was soll dem Jungen schon passieren? Er treibt sich rum. Was ist mit dem Mädchen? Wer ist das? Kenn ich die?« Fast sah es so aus, als wende er seiner Frau den Kopf zu, aber sein Blick hing weiter an dem flachen Bildschirm des Fernsehers.

»Wir haben einen Zeugen«, sagte ich. »Er hat Timo und Sara zusammen gesehen, am Ostbahnhof.«

»Sara«, sagte Berghoff.

»Am Ostbahnhof?«, sagte Susanne.

»Kennen Sie jemanden, der am Haidenauplatz wohnt?«

»Wo?«, fragte Berghoff.

»Nein«, sagte Susanne.

»Am Haidenauplatz in der Nähe des Ostbahnhofs«, sagte ich.

Keiner der beiden reagierte.

»Wann haben Sie Ihren Sohn zum letzten Mal gesehen, Herr Berghoff?«, fragte ich und beobachtete seine Frau, die sich krümmte wie unter Schmerzen.

»Vor vier Wochen«, sagte Berghoff.

»Ist doch gelogen«, sagte Susanne. »Gesehen! War doch nicht gesehen! Timo hat schon geschlafen, und am nächsten Morgen warst du weg.« Sie sah mich an. Dann glitt ihr Blick weiter zu Martin.

»Leben Sie getrennt?«, fragte Martin.

Er erhielt keine Antwort.

»Leben Sie getrennt?«, wiederholte ich.

Spätestens in diesem Moment wäre der Eisbär tot gewesen.

Berghoff streckte sein Bein, massierte das Knie, gab einen kehligen Laut von sich und lehnte sich zurück.

»Wir sehen uns nicht oft«, sagte Susanne, beide Daumen zwischen die Finger geklemmt. »Ich hab Ihnen doch gesagt, was ist. Mein Mann macht diese Prüfungen, die sind wichtig für ihn, er macht die Prüfungen, und ich hab das Hotel, anders gehts nicht.«

Ich sagte: »Was passiert, wenn Sie die Prüfungen schaffen? Ziehen Sie dann nach Wolfsburg?«

»Das ist klar«, sagte Berghoff.

Wieder klingelte leise das Telefon, ungefähr fünfzehnmal. Den Anrufbeantworter hatte Susanne ausgeschaltet.

»Und Sie?«, fragte ich sie.

»Ich nicht«, sagte sie.

»Sie müssen Ihr Hotel weiterführen«, sagte ich.

»Genau, das ist mein Hotel, ich leite es, ich bin die Chefin, ich kann doch nicht wegziehen! Und Timo muss in die Schule hier, er hat hier seine Freunde, der will doch seine Freunde nicht aufgeben.«

»Und seine Freundin«, sagte ich.

»Das ist doch Unsinn, was Sie sagen!«, stieß Susanne hervor. Doch sofort hatte sie sich wieder unter Kontrolle. »Mit neun hat man keine Freundin, das wissen Sie doch.« Unbeweglich saß sie da und zähmte ihre Stimme. »Das Mädchen stiftet ihn zu Sachen an, für die er noch viel zu klein ist, viel zu klein. Zum Beispiel geht sie mit ihm in ein Lokal und bestellt was zu trinken und bezahlt dann auch, sie bezahlt das sogar, was sie konsumieren. Oder sie fährt mit ihm mit der S-Bahn in die Stadt und läuft mit ihm da rum, ganz allein. Das darf die nicht, und das sag ich ihr auch. Ich hab ihr das verboten, aber ihre Mutter erlaubt ihr alles.«

»Haben Sie mit Frau Tiller darüber gesprochen?«

»Manchmal«, sagte Susanne, sah zu Boden und ballte die linke Hand zur Faust.

Ich warf Martin, der mit dem Kugelschreiber auf seinen Block klopfte, einen Blick zu und strich mir übers Gesicht. Und für die Dauer einer Erscheinung sah ich den zerstörten alten Mann in der Bahnhofskneipe vor mir und dann, als bestehe ein Zusammenhang, den Jungen im Wald, der ich war, ich kauerte auf dem Hochsitz, ein Bündel frierende Furcht.

»Es muss jetzt mal die Wahrheit raus«, sagte Berghoff.

Susanne, schien mir, hielt die Luft an.

»Die Sache ist«, sagte Berghoff ohne jede Veränderung in Stimme und Haltung, »Timo ist nicht mein Sohn. Das ist das eine. Dann ist die Sache, er weiß das nicht, wir haben es ihm nicht gesagt, Susanne wollte das so, sie wollte, dass er denkt, ich bin sein Vater. Ich wollte das nicht so. So. Dann ist die Sache, ich hab wenig Zeit, ich brauch eine neue Arbeit, und das ist das Wichtigste, verständlich, oder nicht? Noch mal zu der Vatersache: Ich bin kein Vater, ich will keiner sein, ich war nie einer und ich werd nie einer sein, das sind Entscheidungen, die man treffen muss. Meine Entscheidung ist: Vaterschaft, nein! So. Dann ist die Sache, dass ich keinen Draht zu Timo hab, nie gehabt habe, ich hab versucht, in Ordnung zu sein, hat möglicherweise funktioniert, weiß ich nicht. Ist nicht mein Problem, hab ich nie als mein Problem gesehen. Susanne sieht das anders, ist ihre Sache. Der Junge ist ihr Sohn, und sein Vater ist irgendwo, ich weiß nicht, wo, geht mich nichts an. Das ist der Zustand in diesem Haus, ich bin hergekommen, um das zu klären. Ist das jetzt geklärt? Gut.«

Ohne auch nur einen Finger bewegt zu haben, hatte Susanne zugehört, oder auch nicht. Wozu sollte sie zuhören, sie kannte die Wahrheit, und es schien ihr nichts auszumachen, dass nun auch wir sie erfahren hatten.

»Das alles hätten Sie mir doch sagen können, Frau Berghoff!«

»Das geht Sie doch überhaupt nichts an«, sagte sie vor sich hin. Ich stand höchstens einen Meter von ihr entfernt, und sie starrte meine schwarzen Jeans an, redete geradezu an sie hin. »Das sind Sachen, die niemand außerhalb der Familie was angehen, auch die Polizei nicht, auch Sie nicht, auch jetzt nicht. Ich hab Ihnen gesagt, mein Mann macht die Prüfungen, die sind für ihn wichtig, und das muss genügen. Wenn da was in den Zeitungen steht morgen, zeig ich Sie an, ich verbiet Ihnen, über das zu sprechen, was Sie hier hören.«

Sie dachte nicht daran, den Kopf zu heben.

»Könnte Ihr Sohn bei seinem leiblichen Vater sein?«, sagte ich.

»Nein«, sagte Susanne.

»Wo lebt Timos Vater?«

»Irgendwo in Griechenland.«

»Sie haben keinen Kontakt zu ihm.«

»Nein.«

»Weiß er, dass er einen Sohn hat?«, sagte ich.

»Nein«, sagte Susanne.

Ich sagte: »Kennt Ihre Schwester die Wahrheit?«

Susanne sagte nichts.

»Carola Schild weiß Bescheid«, sagte ich.

»Ja«, sagte Berghoff. »Ist das wichtig?«

Ein Handy klingelte. Automatisch griff Martin nach dem Gerät auf dem Tisch. Doch es war Berghoffs Telefon, er hatte es neben die Couch auf den Boden gelegt.

»Hallo?«, sagte er. »Nein ... Jetzt? Geht nicht ... Ich hab ... Danke für Ihr Verständnis.« Er beendete das Gespräch und behielt das ovale silberne Ding in der Hand. »Ein ehemaliger Kunde, er hat einen brutalen Virus ...« Er verstummte, betrachtete das Handy und schürzte die Lippen.

»Ist er schwer krank?«, fragte ich allen Ernstes. Vielleicht brauchte ich dringend frische Luft.

»Nicht er hat den Virus«, sagte Berghoff, »sondern sein Apple.«

Da stand ich mitten im Raum, ein ein Meter achtundsiebzig hoher, achtundachtzig Kilo schwerer Deppenhaufen.

»Würden Sie uns bitte einen Kaffee kochen?«, fragte Martin Susanne Berghoff mit einem überflüssigen Grinsen.

»Ist er schwer krank?«, äffte Martin mich nach. Wir warteten im Kinderzimmer darauf, dass Susanne von der Toilette zurückkam. Nebenan telefonierte Berghoff mit der Frau in Wolfsburg, die wie er an den Prüfungen teilnahm. »Das ist schon irr, was eine Nacht mit Sonja Feyerabend mit dir anstellt!«

Ich schwieg ihn nachhaltig an.

Als Susanne ins Zimmer trat, mit neuem Lippenstift, Rouge und Lidschatten, ging Martin in den Flur.

»Mir wärs lieber, Sie bleiben da«, sagte sie zu ihm.

»Mir nicht«, sagte ich.

Martin ging ins Wohnzimmer zu Berghoff, und ich schloss die Tür.

»Bitte setzen Sie sich«, sagte ich.

Susanne zögerte, betrachtete das ordentlich zugedeckte Bett und setzte sich an den Tisch aus weiß lackiertem Holz, der von Comicheften und Plastikfiguren aus Fantasygeschichten übersät war. Ansonsten sah das Zimmer absolut aufgeräumt aus.

»Wissen Sie, wo sich Ihr Sohn aufhält, Frau Berghoff?«, sagte ich.

»Nein.«

Ich lehnte mich gegen die Tür, an der ein Filmplakat von »Herr der Ringe« hing, und verschränkte die Arme.

»Ihr Sohn übernachtet öfter bei Ihrer Schwester, als Sie uns gesagt haben.«

Sie saß auf dem niedrigen Stuhl, gebeugt, die Hände in die Oberschenkel gekrallt. Mir kam es vor, als altere diese Frau jede Stunde stärker, in der Timo verschwunden blieb, und dieser Prozess saugte alle Zuversicht aus ihr und erfüllte sie stattdessen mit dumpfer Schwermut und einer Müdigkeit, die ihren dünnen Körper innerlich zusammenschnürte.

»Sie haben mich ganz schön angelogen«, sagte ich.

»Ja«, sagte sie leise.

»Und Ihre Schwester hat uns auch angelogen«, sagte ich.

»Sie haben uns beide etwas vorgespielt. Das ist jetzt vorbei, jetzt spielen Sie nicht mehr. Ich bin es gewöhnt angelogen zu werden, das ist mein Alltag. Außerdem habe ich Ihnen von Anfang an nicht getraut, auch Ihrer Schwester nicht.«

Sie sah mich an, als hätte ich etwas Ungesetzliches gesagt.

»Frau Berghoff.«

Zum wiederholten Mal hatte ich den Eindruck, sie halte die Luft an.

»Haben Sie Ihrem Timo etwas angetan? Ist Timo etwas zugestoßen? Haben Sie ihn schwerer verletzt, als Sie zugegeben haben?«

Nach etwa zwei Minuten erfasste scheinbar von den Füßen aus ein Zittern ihren Körper, zuerst wippte sie mit dem Bein, das sie über das andere geschlagen hatte, dann bewegte sich ihr Bauch, als atme sie tief ein und aus, und schließlich richtete sie sich auf, ruckte mit den Schultern und schüttelte heftig den Kopf. Es sah aus, als habe sie einen Anfall oder als ekele sie sich vor etwas.

»Er ist nicht tot«, sagte sie und sah mich mit festem Blick an. »Ich hab Timo nichts getan, ich weiß, was Sie meinen, ich weiß schon, ich hab ihn geschlagen, ja, ich hab ihn schlimm verdroschen, aber er lebt, ich weiß genau, dass er lebt. Und meine Schwester weiß auch genau, dass er lebt. Er hat sich versteckt, die Sara hat ihn gezwungen, sich mit ihr zu verstecken. Er ist nicht tot, glauben Sie etwa, ich hab ihn umgebracht, glauben Sie so was? Ich hab ihn doch nicht umgebracht, ich bring doch meinen Sohn nicht um! Was haben Sie denn für eine Phantasie? Sie denken immer gleich das Allerschlimmste. Für Sie ist ein Kind wie das andere, und die, die tot sind, sind für Sie genauso Fälle wie die, die nicht tot sind, sondern sich irgendwo versteckt haben ...«

Ich hatte bereits zweimal Nein gesagt, aber sie hörte nicht zu.

» ... und ich find es gemein, dass Sie so was von mir denken, ich hab ein Geschäft, ich hab ein Hotel ...«

Ich ging zu ihr, kniete mich vor sie hin, nahm ihre Hände und schaute ihr ins Gesicht. Schlagartig verstummte sie.

»Ich glaube nicht, dass Timo tot ist«, sagte ich. »Ich glaube auch, dass er sich irgendwo versteckt hat.«

Ich schwieg. Aus rot unterlaufenen Augen erwiderte sie meinen Blick, ihr Körper kam langsam zur Ruhe.

»Und jetzt«, sagte ich, »verraten Sie mir, warum Sie ihn als vermisst gemeldet haben! Sie wollten mit der Polizei doch gar nichts zu tun haben.«

»Ja«, sagte sie. Dann zog sie die Stirn in Falten, sah auf unsere Hände, und ich vermutete, sie wollte etwas sagen, traute sich aber nicht. Ich ließ sie los und erhob mich und ging zurück zur Tür. Seit wir in diesem Zimmer waren, hatte ich draußen das Telefon dreimal klingeln gehört, jetzt klingelte es zum vierten Mal.

Susanne stützte sich auf die Stuhllehnen. »Ich habs wegen Hajo gemacht, ich wollt, dass er kommt, dass er auch mal was tut, dass er sich kümmert, ich wollt mich nicht allein fürchten. Er ist doch Timos Vater, für Timo ist er der Vater, das stimmt doch!«

»Ja«, sagte ich.

»Ja«, sagte sie. »Erst hab ich gedacht, ich mach gar nichts, ich wart einfach ab wie immer. Ich hab Carola angerufen, sie hat gesagt, ich soll mich nicht aufregen, ich soll mich lieber besser um ihn kümmern, da hab ich gleich aufgelegt. Sie hat mich immer rumkommandiert, sie wollt immer was Besseres sein, sie hat gedacht, bloß weil sie älter ist, weiß sie alles besser. Sie hat nicht mal ein Kind und ist schon fast vierzig, sie ist Sprechstundenhilfe, sie ist nicht mal selbstständig. Aber sie weiß immer noch alles besser. Ich kann nicht verstehen, wieso Timo zu ihr geht, der geht so oft zu ihr, und ich weiß nicht, wieso. Er mag sie halt. Ich verbiet ihm das nicht. Ich muss ja auch arbeiten, ich bin den ganzen Tag weg, oft auch abends. Lang schaff ich das nicht mehr.«

Sie spielte mit den Fingern, kratzte sich hektisch am Daumennagel.

»So lang ist er noch nie weggeblieben, und jetzt stehen wir in der Zeitung. Aber ich hab kein Interview gegeben, so was mach ich nicht.«

»Das ist gut«, sagte ich.

»Die rufen hier an, woher haben die die Nummer? Von Ihnen?«

»Nein«, sagte ich.

»Ist ja gleich«, sagte Susanne, »ich geh sowieso nicht dran.«

»Ihr Mann redet nicht mehr mit Ihnen.«

»Nein, er hat mich durchschaut, er hat gleich gemerkt, dass ich nur wegen ihm zur Polizei bin, dass ich da was vorhab, was nur ihn und mich was angeht. Und wenn die Polizei da oben in Wolfsburg nicht so hartnäckig gewesen wär, wär er nicht gekommen, das hat er mir gesagt. Er hat gesagt, in dem Moment, wo Sie zur Tür reinkommen, redet er kein Wort mehr mit mir, es ist ihm gleich, was Sie über ihn denken oder über uns, ihm ist alles gleich, er will die Prüfungen schaffen, und dann zieht er nach Wolfsburg und dann fängt er was Neues an.«

Sie blinzelte und stand abrupt auf. Sie verbat sich auch nur eine Träne zu vergießen. »Langsam hab ich wirklich Angst, so lang war er noch nie weg, noch nie war er so lang weg, über Nacht und nicht bei Carola.«

»Hat er sich noch nie mit Sara versteckt?«, fragte ich. »Vielleicht hat er mal eine Bleibe erwähnt, wo Sara manchmal hingeht, einen Schuppen, eine Wohnung.«

Sie dachte nach, schob den Stuhl nah an den Tisch, drehte sich zu mir um, die Hände in den Hosentaschen, was sie beinah lässig wirken ließ. »Ich kenn keine Wohnung ... nein ... Er hat mal erzählt, ihr Vater hat einen Freund, der mal im Knast war und heut auf Mallorca lebt, er ist da Manager oder so was, und der ... Jetzt fällt mir was ein ... der hat noch eine Wohnung in München, und da war Sara schon mal, das hat mir Timo erzählt, weil Sara behauptet hat, sie hätt in dieser Wohnung eine richtige Pistole gefunden ... Aber die erzählt viel, die erzählt so viel, weil Timo alles glaubt. Der glaubt doch alles, der macht alles nach.«

»Wissen Sie, wie der Mann heißt?«

»Nein.«

»Kennen Sie Frank Tiller näher?«, fragte ich.

»Nein«, sagte sie. »Ich mag ihn nicht. Er hat letztes Jahr sein Haus komplett renoviert, niemand weiß, von welchem Geld. Der treibt Geschäfte mit Leuten im Knast, das sagt jeder am Falkenweg, das ist ein zwielichtiger Kerl, ich mag den nicht. Seine Frau ist ihm total ergeben, die Bettina, die ist in Ordnung, mit der treff ich mich, sie kommt heimlich im Hotel vorbei, und dann trinken wir was zusammen.«

»Wieso heimlich?«

»Sie ist so«, sagte Susanne Berghoff. »Sie ist eine Heimlichtuerin, das hat sie von ihrem Mann. Und Sara ist eine eingebildete, ausgekochte Göre. Und sie hat Macht über Timo, sie hat den in der Hand. Sie waren zusammen im Kino.«

Sie zeigte auf das Plakat an der Tür.

»Sie hat es geschafft, ihn in diesen Film reinzubringen, an der Kasse vorbei, und sie darf selber noch nicht rein. Aber sie ist schlau, sie ist ausgekocht. In dem Film waren die! Wenn ich das vorher gewusst hätt!«

»Haben Sie Timo deswegen bestraft?«, fragte ich.

»Und wie!«, sagte sie, griff nach der Klinke, doch anstatt sie niederzudrücken, lehnte sie die Stirn gegen die Tür und verstummte. Im Wohnzimmer klingelte ein Handy, und dann hörte ich undeutlich Martins Stimme. Susannes Hand umklammerte die Klinke, als wollte sie sie zerquetschen.

12

Im weißen Licht, das uns blendete, gingen Martin und ich unweit des Falkenwegs zu dem kleinen Spielplatz unter den Bäumen. Die Luft war kalt und angenehm, der Schnee knirschte unter unseren Schuhen, und dieses Geräusch vertrieb vorübergehend alles Schwere in meinen Gedanken. An einigen Stellen funkelte der Schnee. Ich sah so lange hin, bis ich nur noch einen grellen Brei wahrnahm, ich blieb stehen, verschränkte die Arme, legte den Kopf in den Nacken und schloss die Augen. Zigarettenrauch stieg mir in die Nase, und ich atmete ihn ein.

Ob der Hinweis von Susanne Berghoff auf den Freund der Familie Tiller eine neue, ernsthafte Spur war, würden wir hoffentlich bald klären können. Wenn die Journalisten erfuhren, wie wenig sich die Eltern um ihre vermissten Kinder sorgten, würde die Stimmung bei der Berichterstattung dramatisch kippen, die Artikel würden sich in Anklagen verwandeln, voller Unterstellungen und den üblichen Verdächtigungen. Missbrauchsgerüchte würden auftauchen und gleichzeitig Vorwürfe gegen uns, die wir einen teuren Apparat in Bewegung gesetzt hatten, obwohl dazu allem Anschein nach kein Bedarf bestand, abgesehen davon, dass wir nicht das Geringste erreicht und es nicht einmal geschafft hätten, das falsche Spiel der Eltern zu durchschauen. Ich stellte mir vor, mit welcher Motivation und in welcher Laune Volker Thon danach in die Pressekonferenz gehen würde. Bisher allerdings, das musste ich zugeben, hielt sich die Sensationsgier der Medien in Grenzen, was vor allem auf die ungewöhnliche Haltung der Eltern zurückzuführen war, die noch kein einziges Interview gegeben hatten, eine absolute Ausnahme, wenn ich an andere Fälle aus der nahen Vergangenheit dachte. Frühestens nach ein oder zwei Tagen brach ein Angehöriger, oft sogar ein unmittelbar Betroffener sein Schweigen, egal, wie fürchterlich und intim die Vorfälle sein mochten. Für Mütter und Väter verkörpert besonders das Fernsehen eine diffuse Hoffnung auf Erlösung, oftmals auf Vergebung. Denn zum Verschwinden eines Kindes, das wissen sie, auch wenn sie diesen Gedanken am liebsten aus ihrem Kopf verbannen würden, gehören die Eltern mit dazu, sie sind die Zeugen im Hintergrund, die zu jeder Zeit mehr wissen, als sie sich eingestehen wollen, die schweigen oder wegsehen oder auf eine Weise handeln, die ihnen nicht zusteht. Und die Leute vom Fernsehen, so reden sie sich ein, hören ihnen vorurteilslos zu und füllen ihre Verlorenheit, die niemand außer ihnen selbst zu verantworten hat, mit farbigen Bildern, Stimmen und Musik.

Doch darüber zu urteilen stand mir nicht zu. Auch wir benutzten gelegentlich die Presse für unsere Zwecke, wenn auch widerwillig, und ich selbst fand meinen Namen und mein Foto in Zeitungen und im schlimmsten Fall mich selbst in einer Fernsehsendung wieder, ein langhaariger Kriminalist in an den Seiten geschnürten Lederhosen, der einen Fall gelöst, also nichts weiter als seine Arbeit getan hatte.

Als ich die Augen aufmachte, blies Martin mir seinen Salemrauch ins Gesicht.

»Woran genau?«, fragte er.

»Wir müssen endlich mit Frank Tiller sprechen«, sagte ich und berichtete ihm von der mysteriösen Wohnung.

»Das wird dauern, bis wir ihn sprechen können«, sagte Martin. »Da war ein Kollege vom Raub vorhin am Telefon, sie haben Frank Tiller festgenommen, Verdacht auf Diebstahl und Veruntreuung.«

Er hauchte in seine Faust, und ich nahm ihm die braune Mappe aus der Hand, in der er die Kopien der Vermisstenanzeige, sein Schreibzeug und den Recorder aufbewahrte. Martin schnippte die Zigarettenkippe in den Schnee, von dem sie wie von einem Stein abprallte, dann rieb er sich die Hände, hauchte sie wieder an und steckte sie in die Hosentaschen. Obwohl er eine schwarze Wollmütze und eine Daunenjacke trug, fror er leicht, wie so oft. Manchmal fror er sogar mitten im Sommer, und dann bat ich ihn sich untersuchen zu lassen, und er schüttelte bloß den Kopf, als wisse ich nicht, dass bei diesem Vorschlag seine Ohren jedes Mal schlagartig ertaubten. An diesem Vormittag auf dem verlassenen Spielplatz hatte er eine graue Gesichtsfarbe, die nicht einmal die Kälte veränderte.

»Was ist passiert?«, fragte ich.

»Mehr weiß ich nicht«, sagte Martin. »Die Kollegen waren mitten in der Festnahme, sie wollten uns nur informieren, sie haben ausnahmsweise unsere Hausmitteilungen gelesen, wo der Name Tiller vorkommt.«

Ich nahm das Handy aus der Tasche und wählte die Nummer des Präsidiums. Im Dezernat 11 gab es keine Abteilung für diese Art von Kriminalität.

»Die Kollegen haben gerade mit der Vernehmung begonnen«, sagte Oskar Inzinger, der Leiter des zuständigen Kommissariats. »Also erwiesen ist, dass er Geld aus der Kantinenkasse geklaut hat, rund vierzigtausend Euro, das steht fest, also, das können wir ihm nachweisen, wir haben Unterlagen und zwei Zeugen, zwei Jungs, die in der Werkstatt arbeiten, du kennst sie wahrscheinlich, die beiden Machnik-Brüder ...«

»Nein«, sagte ich. »Ich kenne sie nicht.«

»Bringst du deinen Wagen nicht dorthin zur Inspektion?«

In der Justizvollzugsanstalt Stadelheim, in der Frank Tiller als Obersekretär arbeitete, waren Häftlinge nicht nur in einer Schreinerei, Wäscherei, Bäckerei und anderen Betrieben beschäftigt, einige halfen auch in der Kfz-Werkstatt aus, die neuerdings öffentlich zugängig war, was sich schnell herumgesprochen hatte, da die JVA niedrigere Preise anbot als die meisten üblichen Werkstätten.

»Ich habe kein Auto«, sagte ich.

»Wie also, du hast kein Auto?«, sagte Inzinger.

»Ich stehe hier in der Kälte«, sagte ich. »Ich muss gleich zur Vernehmung der Ehefrau. Gib mir noch ein paar Informationen!«

»Haben sie dich betrunken erwischt?«, sagte Inzinger. »Das kenn ich. Also, der Tiller, Kantinenkasse geleert, außerdem Zahlungen an Lieferanten unterschlagen, die

155

genaue Summe wissen wir noch nicht und dann ist da noch eine andere Geschichte, die wir jetzt klären müssen.«

Ich sagte: »In kurzen Worten, Oskar.«

»Also, Geld auch, also, der Tiller hat einen Kumpel, Didi Enke heißt er, Diethard Enke, also, der hat eingesessen wegen schwerer Körperverletzung, Drogenhandel, diese Palette, und der Tiller und er haben sich angefreundet, also die haben irgendwas ausgeheckt, was zunächst keiner mitgekriegt hat im Vollzug. Der Enke hat sich unauffällig verhalten und nach zwei Jahren ist er entlassen worden, also, das war zu einem Zeitpunkt, als es schon Verdacht gegen Tiller gab, also, nichts Genaues, Vermutungen, wir haben ermittelt. Der Enke hat sich nach Mallorca verabschiedet, da lebt er heute, also er hat da einen Laden, eine Bar, und arbeitet nebenbei als Türsteher in einer großen Discothek. Er macht undurchsichtige Geschäfte, die uns im Grunde nichts angehen, also, das ist im Dienstbereich der Spanier. Uns interessiert vor allem der Tiller, wir gehen davon aus, dass er mit dem geklauten Geld nicht nur sein Haus renoviert hat, sondern dass diese Renovierung eine Art Tarnung war, also, er behauptet, er hat das Geld aus der Kasse genommen, weil der Umbau teurer geworden ist als geplant, und er hat Schulden bei der Bank und er war in einer verzweifelten Situation.«

»Er hat den Diebstahl zugegeben«, sagte ich.

»Den Diebstahl ja«, sagte Inzinger.

Martin und ich waren unterwegs zum Falkenweg dreiundzwanzig. Frauen mit dick vermummten Kindern kamen uns entgegen, ein paar kannten und grüßten sich und blieben in einigen Metern Entfernung stehen und sahen zu uns her, vermutlich hatte sich Tillers Verhaftung schon herumgesprochen.

»Bitte beeil dich, Oskar!«, sagte ich.

»Das ist halt eine komplexe Materie, also, er hat die Unterschlagung zugegeben, ja, aber wir vermuten, er hat Geld von Enke gewaschen, mit dem Umbau in seinem Haus, dem gehört das Haus, er wohnt da nicht zur Miete, also, und er ist Kassierer in der JVA, da schüttelst du so ein Haus nicht aus dem Ärmel. Also, es ist der ungewöhnliche Fall denkbar, dass Tiller zugibt, er hat, also, vierzigtausend genommen, aber es waren nur, also, zwanzigtausend. Das Gleiche gilt für die verschwundenen Zahlungen an die Lieferanten. Das ist natürlich nachprüfbar, das dauert halt. Verstehst?«

»Hältst du es für möglich, dass das Verschwinden seiner Tochter mit seinen Geschäften zusammenhängt?«

»Auf keinen Fall würd ich das ausschließen, also«, sagte Inzinger. »Wer weiß, was wir bei dem noch finden. Er ist jedenfalls jetzt suspendiert, Beamter wird der nicht mehr. Also noch ein Arbeitsloser mehr in diesen schlechten Zeiten.«

»Ihr habt schon einen Haftbefehl gegen ihn?«, sagte ich.

»Wir kriegen ihn heut Mittag, also«, sagte Inzinger.

»Bevor ihr ihn wegbringt, muss ich mit ihm reden«, sagte ich. »Unbedingt.«

»Also, das musst du mit den vernehmenden Kollegen regeln, ich sag ihnen Bescheid.«

»Danke.«

Wir hatten das Haus erreicht, das so aussah wie alle anderen in der Reihe, ein Bungalow mit dunkler Holzverkleidung an den Außenwänden und Büschen im Vorgarten. Neben der Eingangstür stand ein Gartenzwerg als Weihnachtsmann, auf seiner Mütze hockte ein aufgeplusterter Zaunkönig, starr wie eine Skulptur aus Federn.

Sie weigerte sich ihren hellblauen Anorak und die Handschuhe auszuziehen.

»Ich will jetzt zu meinem Mann!«, sagte sie zum vierten Mal.

Meine Kollegen hatten ihr verboten, ihren Mann zu begleiten, und sie eindringlich gewarnt das Haus zu verlassen.

»Das ist sehr entgegenkommend, dass Sie auf uns gewartet haben«, sagte ich.

Mit einer flüchtigen Handbewegung hatte Martin auf einen Stuhl gezeigt und sich, ohne Bettina Tillers Einverständnis abzuwarten, hingesetzt und den Recorder ausgepackt.

»Hat sich Ihre Tochter bei Ihnen gemeldet?«, sagte ich.

»Nein!«, sagte sie laut. »Was ist denn da los? Warum ist mein Mann verhaftet worden? Die haben ihn einfach abgeholt!«

»Ich kann Ihnen darüber nichts sagen, Ihr Mann wird beschuldigt, Geld unterschlagen zu haben.«

»Das ist doch Quatsch!« Sie sah Martin dabei zu, wie er eine neue Kassette in den Recorder schob und ihn einschaltete.

»Wir nehmen unser Gespräch auf«, sagte er. »Das ist eine offizielle Vernehmung. Samstag, sechzehnter Dezember, elf Uhr fünfzehn.«

»Ich weiß doch nichts!«, sagte Bettina und drehte sich zu mir um. Ich setzte mich ihr schräg gegenüber an die Schmalseite des Tisches. »Mein Mann hat sich nicht mal umziehen dürfen! Dabei ist er beim selben Verein wie Sie! Wieso wird er so behandelt? Was hat er denn getan?« Ihre schwarzen teuren Lederhandschuhe sahen ebenso neu aus wie ihre Stiefel, und ich konnte mich nicht gegen den Eindruck wehren, dass beides nicht richtig zu ihr passte, vor allem passten die Stiefel und die Handschuhe nicht zu dem blassblauen Anorak, der deutlich abgetragen wirkte.

»Wir sind nicht wegen Ihres Mannes hier«, sagte ich. »Wir suchen Ihre Tochter und den kleinen Timo.«

»Ich werd Carola anzeigen! Sie ist schuld. Sie hat die Kinder verzogen, sie hat sie vor mir und vor Susanne versteckt, sie hat sich zwischen uns gestellt. Sie müssen sie verhaften, sie weiß, wo die Kinder stecken! Mein Mann hat überhaupt nichts getan.«

Wenn ich es nicht schaffte, Bettina Tillers Aufmerksamkeit und Gedanken von ihrem Mann weg und vollständig auf ihre Tochter zu lenken, würde uns diese Vernehmung nicht voranbringen, und mein Ziel war, bis zum Abend die beiden Kinder aufzuspüren. Etwas, das ich nicht erklären konnte, befahl mir noch besser zuzuhören, noch einfachere Fragen zu stellen und jeden Anflug von Kritik am Verhalten meines Gegenübers sofort zu verscheuchen. Ich durfte nur ein Medium sein, so objektiv wie möglich und geradezu unsichtbar.

»Wenn Carola Schild das Versteck kennt, wird sie es uns sagen, das verspeche ich Ihnen.«

»Sie ist verlogen«, sagte Bettina Tiller.

»Sprechen Sie mit Susanne Berghoff manchmal über Carola Schild?«, fragte ich.

»Dauernd.«

So deutlich hatte es Timos Mutter nicht ausgedrückt.

»Sie treffen sich regelmäßig«, sagte ich.

»Wir treffen uns und wir haben auch ausgemacht, dass unsere Kinder keine so enge Freundschaft haben sollen.«

»Darin sind Sie sich einig, Frau Berghoff und Sie.«

»Meine Tochter ist ein anständiges Mädchen«, sagte Bettina. »Ich hab sie gut erzogen, das können Sie mir glauben, die treibt sich nicht rum, auch wenn Sie das denken. Sie ist eben freiheitsliebend. Aber sie weiß ganz genau, mit wem sie sprechen darf und mit wem nicht. Sara würd niemals in ein fremdes Auto steigen oder so Sachen machen, die würd niemals ein Geschenk von jemand annehmen, den sie nicht kennt, das hab ich ihr immer wieder erklärt, und sie hat es verstanden. Sie ist nämlich schlau und klug ist sie auch. Sie wird das Gymnasium leicht schaffen, da machen wir uns keine Sorgen, mein Mann und ich ...«

»Sie sprechen sehr offen mit Ihrer Tochter«, unterbrach ich sie, bevor sie die Schiene wechselte.

»Ich hab ihr beigebracht, laut und deutlich Nein zu sagen, ich hab ihr gesagt, wenn sie in die Stadt will, wenn sie allein mit der S-Bahn fahren will, dann darf sie das, wenn sie alle Verhaltensregeln, die ich ihr beigebracht hab, genau befolgt. Und das macht sie, da ist mir noch nie was Negatives zu Ohren gekommen. Manchmal erzählt sie, dass ein Mann sie angesprochen hat oder ein Jugendlicher und sie überreden wollte mitzugehen, in ein Café oder zum Billard, Sara sieht älter aus als zehn, Sie haben sie ja gesehen ...«

»Ja«, sagte ich.

»Sie erzählt mir alles und auch, was sie dann macht, sie sagt nämlich Nein und geht einfach weiter, sie lässt sich auf nichts ein. Ich hab keine Angst, wenn sie allein unterwegs ist, sie ist ein waches, gescheites Mädchen und ich lass mir von niemand einreden, dass sie eine Rumtreiberin ist.«

»Sie geht gern zu Carola«, sagte ich.

»Sie weiß, dass Timo gern zu ihr geht, und deshalb geht sie mit.« Mit einem Ausdruck von Abscheu streifte sie die Handschuhe ab und warf sie auf den Tisch, direkt auf den Recorder. Bevor sie danach greifen konnte, legte ich die Handschuhe neben das Aufnahmegerät.

»Sie haben Ihrer Tochter verboten zu Carola zu gehen«, sagte ich.

»Tausendmal. Aber sie hört nicht. Sonst folgt sie aufs Wort, aber bei diesem kleinen Timo ... Wie spät ist es?«

»Timo ist ihr bester und innigster Freund«, sagte ich.

»Was meinen Sie mit innig?«, fragte sie schnell.

»Sie vertraut ihm, sie tröstet ihn, wenn seine Mutter ihn wieder einmal geschlagen hat.«

»Woher wissen Sie das?«

»Frau Berghoff hat es mir erzählt.«

»Dass Sara ihren Sohn tröstet?«

»Nein«, sagte ich, »dass sie ihn manchmal schlägt, weil sie nicht mit ihm fertig wird.«

»Das ist ein Rumtreiber!« Bettina Tiller drehte sich um und warf einen Blick zur Tür, als erwarte sie jemanden. »Der verführt die Sara, der ist es nämlich, der Sachen anstellt, und Sara hilft ihm dann.«

»Was für Sachen?«

»Was weiß ich! Er treibt sich rum, das reicht doch!«

»Sara hat Timo ins Kino mitgenommen«, sagte ich.

»Garantiert nicht!« Sie sah mich wütend an. »Das würd die nie machen. Timo will immer ins Kino. Der ist neun! Was hat der in einem Kino verloren? Er ist es, der Sara zu so was anstiftet, den müssten Sie mal in die Mangel nehmen! Und wenn Sie ihm zu nahe kommen, dann schießt er auf sie, so einer ist das! Er schießt sogar auf seine eigene Mutter.«

Meine nächste Frage würde wieder zu Bettinas verhaftetem Mann zurückführen, aber mir blieb keine andere Wahl. »Kennen Sie einen Mann mit dem Namen Diethard Enke, seine Freunde nennen ihn Didi?«

»Enke?«, sagte sie und klopfte auf ihren Anorak, als entferne sie Staub oder Schnee. »Kenn ich nicht.«

Ich sagte: »Ihr Mann hat den Namen nie erwähnt?«

»Weiß ich nicht. Wo ist er jetzt?«

»Im Polizeipräsidium in der Ettstraße«, sagte ich. »Sie können gleich mit uns mitfahren, wenn Sie möchten, wir bringen Sie hin.«

»Ich hab ein eigenes Auto«, sagte sie.

»Was Ihnen lieber ist«, sagte ich. »Kennen Sie einen Freund oder Bekannten oder Arbeitskollegen Ihres Mannes, der eine leer stehende Wohnung in der Stadt hat, in der Sara vielleicht schon mal war?«

»Was meinen Sie damit? Was soll sie da getan haben? Was wollen Sie mir unterstellen?«

»Ich unterstelle Ihnen nichts, Frau Tiller«, sagte ich. »Kennen Sie eine solche Wohnung?«

»Nein.«

Sollte sie Recht haben? Wusste Carola Schild tatsächlich, wo sich die Kinder aufhielten? Kannte sie womöglich die Adresse? Vielleicht hatte Susanne Berghoff etwas verwechselt, vielleicht hatte Timo sich versprochen, vielleicht hatte er Sara nicht richtig zugehört und einen falschen Bezug hergestellt. Oder hatte er absichtlich seine Mutter belogen?

»Kann ich jetzt endlich zu meinem Mann?«, fragte Bettina Tiller.

»Könnten Sie sich vorstellen, dass es einen Zusammenhang zwischen der Festnahme Ihres Mannes und dem Verschwinden Ihrer Tochter gibt?«, fragte Martin, den unser zähes Vorankommen bei dieser Vermissung unübersehbar reizte und stresste.

»Das müssen doch Sie wissen!«, sagte Bettina, laut wie am Anfang des Gesprächs.

»Wir wissen es nicht«, sagte ich.

»Dann wirds höchste Zeit!«, sagte sie und stand auf.

»Es wäre klug«, sagte Martin und schaltete den Recorder ab, »wenn Sie für Ihren Mann Waschzeug, frische Unterwäsche und einen Schlafanzug mitnehmen würden.«

»Bitte?« Vor Schreck begann sie hektisch zu atmen. »Einen Schlaf... einen Schlafanzug?«

»Ihr Mann wird heut nicht zu Hause übernachten«, sagte Martin.

Wortlos lenkte Martin den Opel zurück in die Innenstadt. Den Recorder am Ohr, saß ich auf der Rückbank hinter dem Beifahrersitz, lehnte mich in die Ecke und hörte das Band nach Aussagen ab, die vielleicht mehr bedeuteten, als ich während des Gesprächs wahrgenommen hatte.

»Gehen wir was essen?«, fragte ich.

Martin gab keine Antwort.

Ich rief im Dezernat an und erkundigte mich nach dem Stand der Ermittlungen.

»Thon hat die Großfahndung eingestellt«, sagte Sonja Feyerabend. »Er wartet auf deinen Bericht. Habt ihr was Neues?«

»Ja«, sagte ich. »Eine kleine Hoffnung auf den Zufall.«

Unter den Tausenden von schwierigen Fällen, die ich im Kommissariat 114 bearbeitet hatte, gab es keinen Einzigen, bei dem nicht zu irgendeinem Zeitpunkt der Zufall eine Rolle bei der Aufklärung gespielt, oftmals sogar die entscheidende Wendung herbeigeführt hatte. Bis heute bin ich überzeugt, dass die meisten ungeklärten Fälle in den Bereichen Mord, Vermissungen und Raub durch das Fehlen eines Zufalls zu erklären waren oder wegen der Unfähigkeit der Sachbearbeiter, den Zufall zu erkennen.

»Die Besprechung der Soko beginnt in einer halben Stunde«, sagte Sonja.

»Ohne Martin und mich«, sagte ich. »Wir sind auf dem Weg zum Ostbahnhof, um die Aussage des Sandlers auf Band aufzunehmen, der die Kinder gesehen hat, und danach müssen wir ins Präsidium, um Saras Vater zu vernehmen.«

»Was macht der im Präsidium?«

»Er ist verhaftet worden«, sagte ich. »Verdacht auf umfangreiche Unterschlagungen, die Kollegen sind seit Monaten hinter ihm her.«

»Warum informieren die uns nicht?«

»Sie haben mich übers Handy angerufen. Hast du Zeit, gemeinsam mit Freya noch mal Carola Schild zu befragen? Im Dezernat. Befragt sie so lange, bis ihr euch sicher seid, sie hat keine Ahnung, wo die Kinder stecken.«

»Wenn du meinst.«

»Ja«, sagte ich.

Dann schwiegen wir wie auf ein Zeichen.

»Bis später«, sagte ihre Stimme dann.

Bogdan war verschwunden. Der Kellner sagte, der Sandler habe bezahlt, kurz nachdem ich gegangen sei, und seitdem sei er nicht wieder aufgetaucht. Ich suchte das gesamte Untergeschoss ab, die Bahnsteige der Fernzüge und der S-Bahnen, ging hinunter zum U-Bahnsteig, warf einen Blick in die Läden und befragte Passanten, Geschäftsleute und Angestellte des Wachdienstes. Niemand hatte den bulligen Mann mit dem Lederhut gesehen, immerhin kannten ihn die meisten vom Sehen.

Auf einem der Metallsitze bei den Bushaltestellen hockte eine ältere Frau in zerschlissener Kleidung, drei vollgepackte Plastiktüten neben sich auf dem nassen Boden.

»Der Bogdan spinnt«, sagte sie auf meine Frage, ob sie ihn heute gesehen habe.

»Haben Sie mit ihm gesprochen?«

»Der spinnt.«

»Hat er gesagt, ob er heute noch mal wiederkommt?«

Sie kaute auf etwas herum und hielt mir die flache Hand hin. »Ich hab Hunger, werter Herr.«

Ich gab ihr fünf Euro.

»Dankschön«, sagte sie, knüllte den Schein zusammen und steckte ihn in die Manteltasche. »Heut Nacht ist er wieder da.«

»Wann?«

Sie kaute intensiv, schmatzte dabei und rieb sich mit der Faust über den Mund. Ihre Hände waren blaurot verfärbt.

»Wenns dunkel ist, ist Nacht.«

»Dann komme ich wieder«, sagte ich.

»Breisacher Straß«, sagte die Frau. »Da hat er einen Schuppen im Hinterhof.«

166

»Welche Nummer in der Breisacher Straße?«

»Da müssenS ihn selber fragen.« Sie hielt mir wieder die Hand hin. »Ich hab Hunger, werter Herr.«

Ich war mir sicher, sie hatte vergessen, dass sie mich vor zwei Minuten schon einmal angebettelt hatte. Vielleicht hatte sie es auch nicht vergessen. Ich gab ihr einen Zehn-Euro-Schein, den sie wie den anderen einsteckte, ohne einen Blick darauf zu werfen.

Eine halbe Stunde später stiegen wir im Hof des Polizeipräsidiums aus dem Auto. Während der Fahrt hatte Martin kein Wort gesprochen.

»Ihr könnt mit ihm reden«, sagte Oskar Inzinger, der ein Sakko trug, das ziemlich seltsam aussah. Der Hauptkommissar war klein und gedrungen und blond und das krachige Blau seiner Jacke bildete einen krassen Gegensatz zu seiner gelbbraunen Hose. Vielleicht hatte er früher als Streifenpolizist gearbeitet und einen Uniformschock davongetragen.

In einem Raum, der mindestens dreimal so groß war wie das provisorische Vernehmungszimmer in unserem Dezernat und dreimal so hell, saß Frank Tiller an einem rechteckigen weißen Tisch, auf dem zwei Plastikflaschen mit Mineralwasser und Plastikbecher standen.

In seinem grauen gewöhnlichen Anzug wirkte Tiller schon jetzt wie ein Häftling. Seine Haare waren zerwühlt, was, wie wir bald feststellten, daher rührte, dass er sich ständig abwechselnd erst mit der einen, dann mit der anderen Hand am Kopf kratzte. Er wirkte erschöpft, beobachtete uns aber mit wachen Augen, die jeder unserer Bewegungen zu folgen schienen.

Nachdem ich uns vorgestellt hatte, setzte sich Martin ihm gegenüber und packte sein Arbeitszeug aus. Ich stellte mich an die Wand schräg hinter Martin, sodass ich Tiller ins Gesicht sehen konnte.

Niemand sagte etwas.

Nach einer Weile nahm Tiller, der uns die ganze Zeit angeschaut hatte, das Aufnahmegerät, das bereits lief, in die Hand, schaltete es ab und sagte: »Meine Tochter ist entführt worden.«

13 Noch bevor Frank Tiller den Recorder zurück auf den Tisch stellen konnte, griff Martin danach und drückte den Knopf.

»Machen Sie das nie wieder!«, sagte er.

»Bitte schalten Sie aus!«, sagte Tiller. »Es ist sehr wichtig. Bitte!«

»Nein«, sagte Martin.

Der Vollzugsbeamte sah mich Hilfe suchend an, doch ich reagierte nicht.

Obwohl wir vorher nicht darüber gesprochen hatten, waren wir uns über die Strategie einig, mit der wir Frank Tiller zum Sprechen bringen wollten, vor allem dazu, endlich den Blick auf die Dinge freizugeben, die wirklich passiert waren und nicht nur in der Vorstellung der Beteiligten existierten.

Seltsamerweise erinnerte ich mich erst in der darauf folgenden Nacht daran, dass zwischen beidem kein Widerspruch bestehen muss. Dabei hätte ich bloß an jene Bilder zu denken brauchen, die mich von Beginn dieses Falles an besetzt hielten.

Zumindest geriet Tiller durch unsere Strategie aus Ablenkung, Zuhören und scheinbarer Geduld ins Erzählen, ein Erzählen, das er bald nicht mehr unter Kontrolle hatte, auch wenn er das meinte.

»Bitte!«, wiederholte er mit gedämpfter Stimme.

Martin zögerte, dann schaltete er das Gerät ab. »Sie wissen«, sagte er, »das Geld, über das unsere Kollegen mit

Ihnen sprechen, geht uns nichts an. Sind wir uns eigentlich schon mal begegnet?«

»Sie haben mal jemand bei uns besucht«, sagte Tiller.

»Gerber«, sagte Martin.

»Gerber, so hieß er, genau, er hatte eine Stelle als Schweißer in der Schlosserei, guter Mann.«

»Ein Bekannter einer Bekannten«, sagte Martin, »ich hab ihr versprochen, mit ihm zu reden, ihm ins Gewissen zu reden, reinen Tisch zu machen.«

»Hats geklappt?«

»Zum Teil. Er hat sich bei einigen Leuten entschuldigt.«

»Das ist viel wert«, sagte Tiller.

»Das Band ist abgestellt«, sagte Martin. »Von wem ist Ihre Tochter entführt worden, und seit wann wissen Sie das?«

Tiller schaffte es nicht den Blick von mir zu nehmen.

Ich sagte: »Sie vermuten, dass Ihre Tochter entführt wurde, Herr Tiller.«

»Sie kenn ich nicht, wie ist Ihr Name?«

»Tabor Süden«, stellte ich mich noch einmal vor.

»Und Sie sind was? Vermisstenstelle?«

»Ja«, sagte ich.

»Meine Frau sagt, Sara ist bei dieser Carola.«

»Dort ist sie nicht«, sagte Martin.

»Das hab ich mir gleich gedacht, deswegen fürcht ich, sie ist entführt worden.«

»Von wem?«, fragte Martin.

Tillers Blick streifte mich, bevor er sich auf das Aufnahmegerät konzentrierte, er streckte eine Hand aus, als wolle er es näher zu sich heranziehen und einschalten, hielt dann inne und neigte den Kopf nach vorn. »Wie stark belast ich mich, wenn ich bei Ihnen was aussag, was mit Ihrer Abteilung nichts zu tun hat? Wird das gegen mich verwendet?«

»Meine Aufgabe ist es, verschwundene Menschen zu finden«, sagte Martin. »Und zwar so schnell wie möglich. Wo könnte Ihre Tochter sein?«

Zwar vermochte ich Martins Gesichtsausdruck nicht zu sehen, ich war mir jedoch sicher, er glich dem eines gütigen Engels.

»Auf alle Fälle noch in der Stadt«, sagte Tiller.

»Das ist sehr gut«, sagte Martin. »Und es handelt sich auch nicht um eine sexuell motivierte Straftat.«

»Um Gotts willen!«, sagte Tiller und war kurz davor aufzustehen, er stemmte schon die Arme auf die Stuhllehnen und streckte den Oberkörper, bevor er abrupt innehielt und ungelenk in sich zusammensackte. »Um Gotts willen, Herr Heuer, das ist doch nicht so was! Das können wir völlig ausschließen.«

»Das ist sehr erleichternd für uns«, sagte Martin. »Das bedeutet, Sie möchten nicht, dass das Tonband läuft, weil niemand von der Entführung wissen darf ...«

»Genau, genau«, sagte Tiller eifrig.

»Jemand will Sie unter Druck setzen ...« Martin machte eine Pause. »Jemand will, dass Sie schweigen, und wenn Sie schweigen, kommt Ihre Tochter frei, niemandem geschieht was.«

»Ich hab mich gleich an Sie erinnert«, sagte Tiller. »Ich vergess Gesichter nicht. Als Sie vorhin zur Tür reingekommen sind, hab ich mich entschlossen, Ihnen das zu sagen. Sie können mir helfen, Sie haben ein Gespür.«

»Danke, dass Sie uns eingeweiht haben«, sagte Martin. »Mein Kollege und ich suchen, wie Sie wissen, auch einen Freund Ihrer Tochter, Timo Berghoff, und es sieht so aus, als wären die beiden gemeinsam verschwunden.«

»Das weiß ich doch, dass Sie das glauben, aber ich glaub das nicht. Meine Tochter ist entführt worden, und wo der Junge steckt, das weiß ich nicht.«

»Dann sind wir jetzt dank Ihrer Hilfe einen entscheidenden Schritt vorangekommen«, sagte Martin.

»Herr Tiller«, sagte ich. Es fiel ihm schwer mir ins Gesicht zu sehen. »Wir möchten wie Sie, dass Ihre Tochter so schnell wie möglich unverletzt freikommt, und wir möchten auf keinen Fall, dass Sie sich durch bestimmte Aussagen belasten. Ich werde Ihnen ein paar Fragen stellen, und Sie sagen nichts darauf, Sie nicken oder schütteln den Kopf oder reagieren überhaupt nicht.«

Jetzt sah er Martin Hilfe suchend an, und ich stellte mir vor, wie der ihn mit einem engelsgleichen Lidschlag ermunterte.

»Versuchen wir's«, sagte Tiller.

»Ich werde den Recorder einschalten«, sagte ich. »Ich stelle meine Fragen, und Sie antworten, wie ich vorgeschlagen habe.«

»Was soll das mit dem Recorder?«

»Das ist eine Vernehmung«, sagte ich. »Wir müssen ein Protokoll anfertigen, diese Prozeduren kennen Sie doch, Herr Tiller, das Papier ist die Seele der Bürokratie ...«

Martin drehte sich kurz zu mir um, und ich begriff, dass ich ihm für diesen Satz mindestens vier Averna auf Eis schuldete.

»Das gefällt mir nicht«, sagte Tiller. »Das ist riskant.«

»Nein«, sagte ich. »Machen Sie sich keine Sorgen! Antworten Sie nur auf Fragen, die Sie nicht gefährden! Wir fangen an.«

Im nächsten Moment schaltete Martin den Recorder ein und ich nahm meinen kleinen karierten Spiralblock aus der Hemdtasche und schrieb ein paar Wörter auf.

»Kennen Sie den neunjährigen Timo Berghoff?«, fragte ich.

Tiller nickte. Ich deutete ihm an Ja zu sagen.

»Ja«, sagte er zögernd.

»Wann haben Sie ihn zum letzten Mal gesehen?«

»Vor ... das weiß ich nicht.«

»Kommt Timo manchmal in Ihr Haus?«

Tiller schüttelte den Kopf. Ich zeigte auf den Recorder.

»Nein ...« Irritiert gestikulierte er mit den Händen.

»Nein«, sagte ich. »Dennoch ist der Junge mit Ihrer Tochter befreundet.«

Er wusste nicht, ob er sprechen oder schweigen sollte. Ich riss einen Zettel ab, auf den ich »Didi Enke« geschrieben hatte, zeigte ihn Martin und legte ihn Tiller hin. Dann hielt ich, weil Tiller sofort etwas sagen wollte, den Finger an die Lippen.

»Bitte beantworten Sie meine Frage, Herr Tiller«, sagte ich. »Ist Ihre Tochter Sara mit Timo Berghoff befreundet?«

Tiller nickte und betrachtete beunruhigt den Zettel.

»Also ja«, sagte ich.

»Ja«, sagte er.

»Timo Berghoff ist verschwunden, nach unseren Ermittlungen hat er sich mit Ihrer Tochter Sara verabredet. Können Sie sich das erklären, Herr Tiller?«

»Nein«, sagte er mit fester Stimme.

»Wann haben Sie zum letzten Mal mit Ihrer Tochter gesprochen?«

Er lauerte, sah erst Martin an, dann zu mir, dann senkte er den Kopf und schüttelte ihn.

»Der Zeuge kämpft mit den Tränen«, sagte ich.

Tillers Kopf schnellte nach oben. Schlagartig wirkte er erleichtert, er schien auf meine nächste Frage geradezu zu warten.

»Timo Berghoff und Ihre Tochter sind nicht zum ersten Mal gemeinsam streunen«, sagte ich. »Sie halten sich oft bei Timos Tante auf, die sich um sie kümmert. Diesmal jedoch nicht. Möglicherweise hat Timo ein Versteck entdeckt, von dem wir noch nichts wissen. Es könnte aber sein, dass er Sara davon erzählt hat, und sie hat zu Hause etwas erwähnt. Erinnern Sie sich an ein solches Gespräch, Herr Tiller?«

Er schüttelte den Kopf.

»Kennen Sie einen Mann mit dem Namen Diethard Enke?«

Tiller starrte mich konsterniert an.

»Bitte beantworten Sie die Frage!«, sagte Martin.

»Na – ja natürlich, er saß bei uns ein, er war im Kfz-

Betrieb, Ausnahmeregelung. Aber was hat der ... der Herr Enke mit meiner Tochter zu tun?« Verwirrt und verärgert über den Bruch unserer Verabredung, den ich anscheinend begangen hatte, griff er nach dem Recorder. Doch er tappte daneben, da Martin das Gerät schon zur Seite geschoben hatte.

»Bitte legen Sie die Hände in den Schoß!«, sagte Martin.

»Sie haben mich reingelegt«, sagte Tiller aus Versehen.

»Würden Sie bitte die Hände in den Schoß legen«, wiederholte Martin.

Tiller tat es.

»Was meinen Sie damit, wir hätten Sie reingelegt?«, sagte ich.

Tiller setzte an etwas zu erwidern, da wurde ihm klar, in was für eine vertrackte Lage er sich mit seiner Bemerkung manövriert hatte.

»Möchten Sie etwas sagen?«, fragte ich.

Tiller zupfte an seinem Anzug. Offenbar dämmerte ihm, dass sein Plan, uns einen scheinheiligen Deal anzubieten, gescheitert war, und zwar vom ersten Moment an. Aber er versuchte Zeit zu gewinnen. Das war mir recht. Ich riss einen zweiten Zettel von dem kleinen Block ab, zeigte ihn Martin und legte ihn vor Tiller auf den Tisch. Er las ihn sofort. Auf dem Blatt stand »Haidenauplatz«.

»Wir suchen nach einer Wohnung, in der sich die beiden Kinder aufhalten könnten«, sagte ich. »Vielleicht haben Sie eine Idee.«

Ich machte einen Schritt von der Wand weg, und Martin schaltete das Gerät aus.

Ich sagte: »Hören Sie auf Ihre Tochter als Spielball zu benutzen! Bisher haben wir nur von den *beiden* Kindern gesprochen, Sie haben noch die Möglichkeit aus dem Netz rauszukommen, das Sie selber ausgeworfen haben. Eine Wohnung an diesem Platz oder in der Nähe, ich vermute, sie gehört Ihrem Freund Enke, er wird dort nicht gemeldet sein, aber Sie kennen die Wohnung. Sie haben versucht, eine Entführung Ihrer zehnjährigen Tochter vorzutäuschen, um Ihren Freund Enke tiefer mit reinzuziehen und sich selbst zu entlasten ...«

»Das stimmt nicht!«, sagte er theatralisch.

»Sie haben die Pressekonferenz im Fernsehen gesehen, auf der eine Journalistin den Verdacht in die Welt gesetzt hat, die Kinder seien vielleicht entführt worden. Und da haben Sie gedacht, das ist die Idee ...«

»Nein!«, rief er.

»Hinterher hätten Sie immer noch sagen können, Sie hätten sich getäuscht.«

»Das ist zum Kotzen, was Sie da treiben«, sagte Martin.

»Jetzt hören Sie mal zu ...«, sagte Tiller.

Ich sagte: »Wir machen jetzt eine Pause.«

»Moment mal!«

Ich öffnete die Tür und bat einen uniformierten Kollegen auf Tiller aufzupassen.

»Drecksau«, sagte Martin auf dem Flur.

Auf einer der Bänke saß Bettina Tiller. Neben ihrem blassblauen Anorak leuchtete ein blaues Sakko ins monotone Graubraun der Halle.

Nach einem kurzen Gespräch mit Saras Mutter kehrten wir in den Vernehmungsraum zurück. Ich setzte mich neben Martin, Frank Tiller gegenüber.

»Haben Sie uns etwas mitzuteilen?«, sagte ich.

»Es ist alles ganz anders, als Sie denken«, sagte er.

»Wie denn?«

»Ich geb zu, ich weiß nicht, ob Sara entführt worden ist. Ich hab das ... ich hab nur ...«

»Sie haben nur behauptet, sie sei entführt worden.«

»Ja.«

»Warum haben Sie das behauptet?«

»Ich hab gedacht, Sie finden sie so schneller.«

Er tappte noch immer durch sein Lügenhaus.

»Vor allem wollten Sie mit Ihrer Aussage Ihren Freund Diethard Enke belasten«, sagte ich.

»Wenn, dann hat er sie entführt«, sagte Tiller.

»Unsere Kollegen haben mit ihm auf Mallorca gesprochen, er hat die Insel seit vier Monaten nicht verlassen, dafür gibt es Zeugen.«

»Er hat doch Helfershelfer, die hat er immer schon gehabt.«

»Sie zum Beispiel.«

»Ja, mich, aber ich bin raus. Ja, ich hab das Geld genommen, ich hab auch von ihm Geld genommen, ich hab ihn gedeckt. Das ist vorbei, ich hätt mich sowieso gestellt. Ich hab das Geld gebraucht, meine Frau hat eine Erbschaft gemacht vor zehn Jahren, kurz vor Saras Geburt, davon haben wir uns das Haus in Unterhaching gekauft. Aber dann ist meine Frau krank geworden, seelisch, irgendwas ist bei Saras Geburt mit ihr passiert, sie hat dann ihr Zimmer nicht mehr verlassen, sie hat die Vorhänge nicht mehr aufgezogen, können Sie sich vorstellen, wie das ist, wenn Sie nach Hause kommen und überall ist es dunkel? Das ist wie im Knast, bloß anders eingesperrt. Ich hab mich um Sara kümmern müssen, ich hab sie mitgenommen in die JVA, sie ist praktisch in einem Gefängnis aufgewachsen, können Sie sich das vorstellen? Das hätt doch nicht sein müssen. Das Haus hat Mängel gehabt, wir haben Geld reingesteckt, mehr als wir eigentlich hatten, und die Leute da haben uns angeschaut, die haben mitgekriegt, dass wir uns übernommen haben, da wohnen ja nicht gerade die Ärmsten der Stadt, das sind alles Besserverdiener. Außer uns. Wir sind Normalverdiener. Meine Frau musste in eine teure Therapie, sie war ein paar Monate in der Klinik, da in der Nähe von Gauting da draußen, sehr schön da, sehr teuer. Mir wars das wert, ich wollt, dass meine Tochter eine gesunde Mutter hat, keine, die dauernd die Vorhänge vorzieht und nichts redet und nichts kocht, das kam noch hinzu. Sie hat aufgehört zu kochen, sie hat behauptet, sie muss immer heulen, wenn sie einen Salat zubereitet oder ein Fleisch kocht, sogar wenn sie Nudeln, dämliche Spaghetti, in den Topf schüttet, fängt sie an zu heulen. Was denkt denn da so ein kleines Mädchen? Sara ist trotzdem ganz normal geworden, und sie ist hübsch. Eigenwillig auch, das war vorherzusehen, ich hab versucht sie zu erziehen und ihr beizubringen, wie das Leben geht. Sie hat halt ihren eigenen Kopf. Schon mit sechs ist sie weggelaufen, am ersten

Schultag! Können Sie sich das vorstellen? Sie ist nicht heimgekommen. Das war zu der Zeit, als es meiner Frau endlich besser ging, die Therapie war zu Ende und sie musste auch keine Tabletten mehr nehmen. Erster Schultag, Sara hat sich gefreut, sie ist ja ein neugieriges Mädchen, wir haben ihr eine schöne Schultüte geschenkt, mit Goldpapier verziert, meine Frau hat sie aufbewahrt, Sie können sie sich anschauen, wirklich was zum Herzeigen. Und ich hab mir frei genommen und bin mit Sara und meiner Frau in die Schule mitgegangen, und dann sind wir nach Hause, meine Frau hat gekocht, ganz normal, ohne Zwischenfälle, alles normal. Und am Nachmittag musste ich in den Dienst, und eine Stunde später ruft mich meine Frau an und sagt, Sara ist verschwunden. Im ersten Moment hab ich gedacht, ich ruf bei Ihnen im Dezernat an, wir haben ja alle Nummern an der Wand hängen, kein Problem. Aber dann hab ich zu meiner Frau gesagt, wir warten noch, die kommt schon wieder. Denn ein Junge aus der Nachbarschaft war auch weg, und jemand hat die beiden zusammen gesehen, da war nichts mit fremdem Mann oder Auto oder so, die wollten einfach spielen. Am Abend ist sie zurückgekommen. Sie hat gesagt, sie waren im Wald auf einem Hochsitz, wo die Sonne hinscheint und man in alle Richtungen schauen kann, und da waren sie und haben gewartet, bis die Sonne untergegangen ist, sonst nichts. Natürlich hab ich ihr verboten, einfach so wegzulaufen, und ich hab ihr eingetrichtert, dass das gefährlich ist, und dann haben meine Frau und ich ihr eindringlich erklärt, dass sie sich von niemand ansprechen lassen darf, vor allem von keinem Mann, und dass sie keine Geschenke annehmen darf und so weiter. Und es ist auch nie was passiert. Aber weggelaufen ist sie immer wieder, sie wollt halt raus, sie hat dieses Bedürfnis nach Draußensein, können Sie sich das vorstellen? Sie kann stundenlang allein auf einem Baum sitzen, sie braucht niemand, sie ist einfach nur gern da, wo die Sonne scheint, wo es hell ist, auf einer Lichtung, auf einem Hochsitz.«

»In letzter Zeit ist sie mit Timo unterwegs«, sagte ich.

»An dem hat sie einen Narren gefressen, meine Frau will ihr das verbieten, das ist natürlich ganz verkehrt. Sie können Sara nichts verbieten, Sie können sie überzeugen, das klappt, sie können sich hinsetzen und mit ihr reden und ihr sagen, das und das geht nicht, weil das solche und solche Konsequenzen hat, Sie müssen sich einen Haufen Mühe geben, dann haben Sie eine Chance. Verbieten, das ist ganz falsch. Ich rede meiner Frau nicht drein, sie ist beim Kind den ganzen Tag, ich nicht, aber ich seh natürlich, was schief läuft. Bei Druck macht das Kind zu, da stoßen Sie auf eine Wand. Man muss Sara lassen, lassen und dann behutsam eingreifen, und zwar verbal, Sie müssen mit ihr reden, das ist phänomenal, wie das funktioniert, sie braucht das gesprochene Wort, anders kann ich das nicht sagen, sie will, dass Sie mit ihr sprechen, von Angesicht zu Angesicht, das ist schon erstaunlich, finden Sie nicht? Und jetzt erklär ich Ihnen, wie das mit Enke gelaufen ist, damit Sie einen Einblick ...«

Ich sagte: »Dafür sind unsere Kollegen zuständig.«

»Das ist aber wichtig ...«, sagte Frank Tiller.

»Ist Ihnen eine Wohnung in der Nähe des Haidenauplatzes eingefallen?«, sagte ich.

»Der Enke und ich ... Er hat eine alte Wohnung in der Kreillerstraße, in der Nähe vom Haidenauplatz ist die nicht direkt, eine andere kenn ich nicht, ich weiß nicht ...«

»Welche Hausnummer?«, sagte ich.

»Hausnummer«, sagte Tiller.

»Welche Hausnummer?«, sagte Martin.

»Hausnummer«, sagte Tiller. »Hausnummer. Siebzehn, glaub ich, ja siebzehn ...«

»Welcher Stock?«, fragte Martin.

»Vierter«, sagte Tiller. »Was wollen Sie in der Wohnung? Glauben Sie, dass Sara da ist? Die kennt die Wohnung überhaupt nicht ...«

»Haben Sie einen Schlüssel zu der Wohnung?«, sagte ich.

»Einen Schlüssel?«

Er zupfte an seinem grauen Anzug, der immer mehr knitterte. Während seiner Erklärungen war er ständig auf dem Stuhl hin und her gerutscht und hatte sich die Jacke auf- und zugeknöpft.

»Einen Schlüssel«, sagte ich.

Er zuckte mit der Schulter.

»Ihre Frau vermisst einen Schlüssel«, sagte ich.

»Was?«

»Sie hat uns vorhin gesagt, in der Garderobe in Ihrem Haus, wo die Schlüssel hängen, fehlt einer.«

»Aha.«

»Hing dort ein Schlüssel für die Wohnung in der Kreiller-straße siebzehn?«

»Jetzt muss ich Ihnen mal erklären, wie das gelaufen ist zwischen dem Enke und ...«

»Haben Sie einen Schlüssel für die Wohnung in der Kreillerstraße siebzehn in Ihrem Haus aufbewahrt?«

»Kann schon sein, das spielt ...«

»Könnte es sein, dass Ihre Tochter den Schlüssel an sich genommen hat?«

»Weiß ich nicht.«

»Haben Sie diesen Schlüssel bei sich?«

»Nein, wieso denn?«

»Steht diese Wohnung leer, oder lebt dort jemand?«

»Sie ist leer.«

»Waren Sie dort?«

»Was?«

»Waren Sie in der Wohnung?«

»Ja, aber das will ich Ihnen die ganze Zeit erklären ...«

»Wann waren Sie das letzte Mal in der Wohnung?«

»Was weiß ich«, sagte Tiller. »Vor zwei Monaten, unge-fähr.«

Martin schaltete den Recorder ab.

»Möchten Sie kurz mit Ihrer Frau sprechen?«, fragte er.

Tiller knöpfte sein Sakko auf.

Mit dem geliehenen Handy rief ich vom Auto aus Volker Thon an, der seit einer Stunde mit den Kollegen der »Soko Sara« zusammensaß. Er beschimpfte mich, weil ich mich erst jetzt meldete, und forderte mich auf, umgehend ins Dezernat zu kommen, um vor dem versammelten Team Bericht zu erstatten.

»Später«, sagte ich. »Warte mit der nächsten Presseerklärung, bis ich mich wieder melde.«

»So geht das nicht«, sagte er.

Ich sagte: »Doch.«

14

Die Wände im Treppenhaus waren von Gekritzel übersät, unter den Briefkästen lagen Werbeprospekte verstreut auf dem verschmutzten Steinboden, an dessen Rändern sich Wasserpfützen bildeten. Jemand im Parterre hatte uns hereingelassen, ein Mann in einem ausgebleichten roten Trainingsanzug trat vor seine Tür und wollte wissen, was passiert sei.

»Bitte bleiben Sie in Ihrer Wohnung!«, sagte Martin. »Es ist alles in Ordnung.« Er wartete, bis der Mann die Tür geschlossen hatte, dann winkte er, denn der Mann würde garantiert durchs Guckloch schauen.

Im vierten Stock gingen von einem langen Flur mehrere Wohnungen mit winzigen Namensschildern ab. An zwei Türen klebte kein Zettel, ich klingelte an einer der beiden.

Niemand öffnete. Nichts war zu hören.

Ich klingelte erneut.

Dann gingen wir zur zweiten Tür ohne Namen. Zuerst blieb es still wie in der anderen Wohnung, dann hörten wir schlurfende Schritte.

»Was ist?«, sagte eine Frauenstimme.

»Entschuldigen Sie die Störung«, sagte ich, den Mund nah am Türrahmen. »Polizei. Wir suchen jemanden. Können Sie uns helfen? Sehen Sie meinen Ausweis?«

Ich hielt die blaue Plastikkarte direkt vor das Guckloch. Die Tür wurde geöffnet, und eine Frau um die fünfzig stand vor uns, im Morgenmantel und mit einem Hand-

184

tuch auf dem Kopf. Sie roch nach Parfüm und Alkohol und Bett.

»Tabor Süden«, sagte ich. »Kennen Sie Ihren Nachbarn, Diethard Enke?«

»Ich kenn hier niemand«, sagte sie. »Was ist passiert?«

»Die Wohnung zwei Türen weiter, wissen Sie, wer da wohnt?«

»Nö.«

»Haben Sie heute oder gestern jemand dort reingehen oder rauskommen sehen?«, sagte Martin.

»Nö«, sagte die Frau.

»Haben Sie zwei Kinder im Haus gesehen, ein Mädchen und einen Jungen, ungefähr zehn Jahre alt?«, sagte ich.

»Ich arbeite lang«, sagte die Frau. »Ich bin um sechs nach Haus gekommen, ich hab keine Ahnung, wer hier wohnt. Kinder hab ich keine gesehen, tut mir Leid.«

»Danke«, sagte ich. »Entschuldigen Sie noch mal, dass wir Sie aufgeweckt haben.«

Sie machte die Tür zu und sperrte ab.

Wir gingen zurück zu der anderen Wohnung. Wenn niemand öffnete, waren wir gezwungen, sämtliche Mieter des Stockwerks zusammenzurufen.

Nach dem zweiten Klingeln hörten wir ein Klirren, als wäre ein Glas zu Boden gefallen.

»Hallo?«, sagte ich und klopfte an die Tür. Niemand antwortete. Es war so still wie vorher.

Natürlich hätten wir den Hausmeister ausfindig machen können, wir hätten unsere Spezialisten aus dem Präsidium holen können, und natürlich hätten wir vorher

Volker Thon informieren und mit ihm unser weiteres Vorgehen besprechen müssen.

Natürlich war das, was Martin tat, illegal.

In der Wohnung war es vollkommen dunkel, zumindest im Flur.

Martin steckte den Dietrich ein und schloss leise die Tür hinter uns. An der Innenseite steckte ein Schlüssel, vermutlich der aus Tillers Garderobe. Die Tür war abgesperrt gewesen, aber Martins Technik hielt kaum ein Schloss stand.

Von den drei Türen führte die mit der Milchglasscheibe zur Küche. Wir mussten schnell sein, denn so raffiniert Martin es schaffte, Schlösser zu knacken, lautlos ging es dabei nicht zu.

Martin stellte sich vor die Tür links, ich stellte mich vor die Tür am Ende des Flurs.

»Okay«, sagte er. Im nächsten Moment rissen wir die Türen auf und standen im Zimmer.

Es war dunkel, vor den Fenstern waren die Rollos heruntergelassen.

An der Wand, knapp drei Meter von mir entfernt, saßen zwei Gestalten auf einer Couch.

»Ich bin Tabor Süden, ich bin von der Polizei, seid ihr Timo und Sara?«

»Ja«, ertönte eine dünne Stimme.

»Du Blödian!«, sagte eine Mädchenstimme, und dann klatschte es.

Der Junge schrie auf, blieb aber steif sitzen.

Unterdessen kam Martin herein und zog das Rollo an einem der Fenster hoch.

Die zwei Kinder saßen in Anorak und Straßenschuhen auf einem alten schwarzen Ledersofa, vor ihnen auf einem niedrigen Tisch standen eine Kerze und zwei Limo- und eine Colaflasche, daneben eine Riesenpackung mit Gummibärchen.

Martin zog das zweite Rollo hoch und öffnete das Fenster. Laute Straßengeräusche drangen herein.

Timo, den ich zum ersten Mal leibhaftig sah, hatte schwarze Haare und große dunkle Augen, und obwohl er nur ein Jahr jünger war als Sara, wirkte er schon auf den ersten Blick viel kindlicher als sie. Er rieb sich die Wange und schien kurz davor zu sein in Tränen auszubrechen, was komisch aussah, weil die Schnute, die er zog, dadurch an Dramatik verlor, dass er Saras pinkfarbene Ohrschützer trug, von denen einer, vermutlich durch die Ohrfeige, die das Mädchen ihm gerade verpasst hatte, verrutscht war.

Sara dagegen hatte Timos Mütze auf, die ihr bis über die Augenbrauen reichte.

Als Martin und ich vor ihnen standen, griff Sara nach Timos Hand und hielt sie demonstrativ mit beiden Händen fest.

»Was wollen Sie hier?«, fragte das Mädchen.

»Wir haben euch gesucht«, sagte ich.

»Warum?«, sagte Sara.

»Deine Mutter hat dich als vermisst gemeldet«, sagte ich zu Timo.

Vielleicht hatte Sara ihm verboten zu sprechen, er kniff die Lippen zusammen, als fürchte er, es könnten Worte herauslaufen.

»Woher kennt ihr diese Wohnung?«, fragte Martin.

»Sag ich nicht«, sagte Sara.

»Woher kennst du die?«, fragte Timo plötzlich, und Sara zog ihn verärgert an der Hand. Er drehte den Kopf zu ihr und der Ohrschützer verrutschte noch mehr.

»Von Saras Vater«, sagte Martin.

»Ist mein Vater im Gefängnis?«, fragte Sara.

Timos Gesichtsausdruck nahm an Schrecken zu. Im Gegensatz zu dem Mädchen wirkte er, als habe er keine Nacht geschlafen oder verstehe überhaupt nicht, weswegen er hier war.

»Warum sollte er im Gefängnis sein?«, sagte Martin.

»Weil er mit dem Gangster Geschäfte macht.«

»Mit welchem Gangster?«

»Mit dem, dem die Wohnung gehört, das ist ein Gangster«, sagte Sara.

»Kennst du den Mann?«, fragte Martin.

»Ich nicht«, sagte Sara. »Mein Vater kennt den, der war auch schon mal bei uns zu Hause, als die Mama nicht da war, die haben was besprochen, und ich hab zugehört.«

»Worüber haben sie denn gesprochen?«

»Weiß ich nicht mehr.«

»Über Geld?«

»Glaub schon.«

Ich sagte: »Ich rufe jetzt eure Mütter an und sag ihnen, dass wir euch gefunden haben.«

Martin gab mir das Handy.

»Nein!«, sagte Sara. »Wir bleiben hier! Timo geht nie wieder nach Hause und ich auch nicht, ich bleib, wo der Timo ist.«

Sehr kleine Tränen kullerten über Timos blasse Wangen.

»Dann rufen wir später an«, sagte ich und steckte das Handy ein. »Ich gehe schnell auf die Toilette, und danach erzählt ihr uns, warum ihr hier seid.«

»Nein!«, sagte Sara.

Ich ging hinaus und im Flur hörte ich Martin sagen: »Kann ich mir ein paar Gummibärchen nehmen?«

»Du bringst die beiden sofort hierher!«, sagte Volker Thon ins Telefon. »Sie müssen von einem Arzt und einem Psychologen untersucht werden.«

»Erst möchte ich mit ihnen sprechen«, sagte ich.

»Nein.«

»Ruf die Eltern an, sag ihnen, sie brauchen sich keine Sorgen zu machen. In einer Stunde bin ich zurück. Die Kinder haben Angst, und ich will erst wissen, wovor.«

»Das gefällt mir nicht«, sagte Thon.

»Es scheint ihnen nichts zu fehlen«, sagte ich.

»Wie seid ihr in die Wohnung gekommen?«, fragte Thon.

»Mit einem Zweitschlüssel.« Ich lehnte an der geschlossenen Toilettentür und betrachtete mein Gesicht im Spiegel über dem Waschbecken. Die Haare hingen strähnig herunter, ich war unrasiert und sah nicht weniger müde aus als der kleine Timo.

»Eine Stunde, nicht länger«, sagte Thon. »Und du nimmst an der Pressekonferenz teil! Keine Ausreden!«

»Ja«, sagte ich.

»Soll ich Sonja von dir grüßen?«, fragte er untertönig.

»Unbedingt«, sagte ich.

Wie bei einem Familienrat saßen wir uns gegenüber, mit dem Unterschied, dass bei richtigen Familien nicht die Kinder, sondern die Erwachsenen auf der Couch Platz genommen hätten. Martin und ich hockten auf dem Boden, auf einem blaugrauen Auslegeteppich, die Beine angewinkelt, die Arme auf den Knien.

Eine Zeit lang schwiegen wir, und Sara hielt mit. »Das ist doch blöd«, sagte sie schließlich. »Ihr wollt bloß, dass wir euch was sagen, aber das geht euch nichts an, auch wenn ihr von der Polizei seid. Wir sagen euch gar nichts.«

»Ich schon«, sagte Timo. In der nächsten Sekunde zog er den Kopf ein, aus Furcht vor einer neuen Ohrfeige. Aber Sara hielt weiter seine Hand fest.

Durch die inzwischen wieder geschlossenen Fenster war das Rauschen des Verkehrs und das metallene Brummen der Straßenbahnen zu hören. In der Stille des Zimmers klangen die Geräusche friedvoll wie die gedämpfte Musik einer Stadt, die uns wohlgesinnt war. Sara saß im Schneidersitz auf dem Sofa, Timo hatte die Beine ausgestreckt, sie reichten nicht bis zum Boden. Es war ihm anzumerken, dass er über unser Auftauchen erleichtert war, auch wenn er sich zusammenriss und eine ernste Miene machte, um sich keinesfalls den Zorn Saras zuzuziehen.

»Timo«, sagte ich, »weißt du noch, wie ich heiße?«

»Tabor Süden.«

»Genau, ich suche Verschwundene, auch Kinder, das ist mein Job als Polizist.«

»Sie sehen aber nicht aus wie ein Polizist.«

»Ich zeige dir meinen Ausweis.« Ich beugte mich vor, und er tat dasselbe.

»Das Foto ist aber alt da drauf«, sagte er.

»Das stimmt«, sagte ich. »Deine Mutter macht sich Sorgen um dich. Willst du sie nicht anrufen?«

»Sie haben sie doch schon angerufen«, sagte er. »Vorhin auf dem Klo. Obwohl wir das nicht wollten.« Er warf Sara einen Blick zu, die seine Hand losließ. Er zuckte zusammen.

»Glauben Sie, Sie können uns austricksen?«, sagte Sara.

»Ich habe nicht mit deiner Mutter telefoniert«, sagte ich zu Timo. »Ich habe meinen Chef angerufen und ihm gesagt, dass wir euch gefunden haben. Er kann jetzt die Sonderkommission auflösen.«

»Eine Sonderkommission ist eine Soko, oder?«, sagte Timo.

»Halt doch endlich die Klappe, Blödian!«, sagte Sara.

Er presste wieder die Lippen aufeinander.

»Du hast übrigens Recht«, sagte Martin, an Sara gewandt. »Dein Vater ist festgenommen worden, er ist noch nicht im Gefängnis, aber er wird in den nächsten Wochen wahrscheinlich nicht nach Hause kommen.«

Nach einem Schweigen, das sie durch einen langen Blick an die Decke untermauerte, sagte Sara: »Muss ich jetzt weinen?«

»Magst du deinen Vater nicht?«, fragte Martin.

»Mein Vater!« Sie riss sich die Mütze vom Kopf und warf sie über uns hinweg ins Zimmer. Timo schaute seiner Kopfbedeckung aufgeregt hinterher, wagte aber nicht zu protestieren. »Mein Vater ist ein Gangster, er ist ein Lügner, ich hab ihn durchschaut, er denkt, ich bin blöd, weil ich ein Kind bin, er ist selber blöd, obwohl er erwachsen ist. Ist mir egal, ob er eingesperrt wird oder was, mit dem Typ hab ich nichts zu tun.«

»Du hängst an deinem Vater«, sagte ich zu Timo.

Er biss sich auf die Lippen.

»Halt bloß die Klappe!«, befahl Sara.

Plötzlich sprang Timo vom Sofa, riss sich wie vorher Sara die Mütze die Ohrschützer vom Kopf und warf sie mit voller Wucht gegen die Wand. Dann rannte er hin, hob sie auf und warf sie noch einmal dagegen. Er stapfte durch den Raum, kickte seine Mütze wie einen Fußball vor sich her, von einer Wut getrieben, die mit jedem seiner Schritte zu wachsen schien.

»Der geht nach Wolfsburg!«, sagte er immer wieder mit gepresster Stimme und hielt den Kopf gesenkt, und es sah aus, als meine er seine Mütze, die er mit seinen Winterstiefeln traktierte. »Der geht nach Wolfsburg und nimmt mich mit. Er nimmt mich mit. Er hat gesagt, er nimmt mich mit ...«

»Hat er gar nicht gesagt!«, rief Sara dazwischen.

»Hat er wohl gesagt!«, schrie Timo. Dann schoss er die Mütze gegen die Heizung und stürmte durchs Zimmer, die Mütze weiter vor sich herfeuernd. »Der geht nach Wolfsburg, und ich muss mit! Und ich darf nicht bei dir bleiben! Und das ist so gemein, und das mach ich auch nicht! Ich bleib bei dir und ich geh auch nicht nach Hause zurück, ich lass mich nicht verschleppen, ich bin kein Slave, ich bin kein Slave!«

Er meinte Sklave, und sein Zorn übermannte ihn so sehr, dass er beinah stolperte.

»Deswegen bin ich weggelaufen, und Sie haben mich nicht erwischt! Weil nämlich Sara mich gewarnt hat! Ja!«

Er schoss die Mütze in Martins und meine Richtung. Einen Meter von uns entfernt segelte sie zu Boden.

»Du hast deiner Mutter eine Nachricht hinterlassen«, sagte ich. »Du hast ihr geschrieben, du kommst bald wieder zurück.«

»Damit sie nicht ausflippt!«, schrie er, kam einen Schritt näher und brüllte mir ins Gesicht: »Und du kannst mich nicht verhaften!« Dann griff er in die Innentasche seines Anoraks, holte seine Plastikpistole hervor und fing an auf uns zu schießen. Er rannte auf und ab und zielte auf unsere Köpfe, silbergraue Hartplastikkugeln schossen aus dem Lauf, und wir mussten die Arme vors Gesicht halten.

»Tot! Tot! Tot!«, schrie er. »Weg! Los, weg hier!«

Ich stand auf, sah auf ihn hinunter und stellte mich vor ihn.

»Schieß!«, sagte ich. »Schieß auf meinen Bauch! Schieß!«
Er schoss. Das Magazin war leer. Er starrte mich aus großen schwarzen Augen an, seine Haare waren zerzaust, seine Wangen gerötet, und er presste wieder die Lippen aufeinander, sprachlos vor namenloser Wut.

Er hatte sich alles nur eingebildet, sein vermeintlicher Vater würde ihn niemals nach Wolfsburg mitnehmen, er würde ihn nirgendwohin mehr mitnehmen, das Band zwischen den beiden, sofern es je bestanden hatte, war zerrissen, Hajo Berghoff war nicht länger bereit, den Vater zu spielen, er wollte weg, für immer. Und von all dem hatte dieser kleine zornige Junge keine Ahnung, seine Mutter hatte ihn von Anfang an belogen, vielleicht hatte sie keine andere Wahl gehabt, doch ihr Plan hatte nicht funktioniert, oder besser: Der Mann, den sie sich zur Umsetzung ihres Planes ausgesucht hatte, funktionierte nicht so, wie sie es sich wünschte. Bestimmt war ihr das bald bewusst geworden, doch sie konnte nicht mehr zurück, das Kind war längst da, und sie hatte ihm eine Legende erzählt, und die Legende musste die Wahrheit bleiben, ob die Hauptfiguren damit einverstanden waren oder nicht.

Es war Zeit, dass Timo die Wahrheit erfuhr, und ich wünschte, seine Mutter wäre bereit dazu.

»Mach dir keine Sorgen«, sagte ich. »Du musst deinen Vater nicht begleiten. Du kannst hier bei Sara bleiben.«

»Du lügst«, sagte Timo.

»Nein«, sagte ich. »Dein Vater wird allein nach Wolfsburg gehen, das weiß ich.«

»Woher weißt du das?« Er zielte mit der leeren Plastikpistole auf mich.

»Von deiner Mama«, sagte ich.

»Du lügst«, sagte er wieder, den Kopf im Nacken, damit er
mir ins Gesicht sehen konnte.

»Nein«, sagte ich wieder.

Sekunden vergingen in Stille.

Dann sprang Sara vom Sofa. »Doch lügt der! Der will
dich austricksen, merkst du das nicht, du Blödian!« Sie
wollte sich auf mich stürzen und schlug mit den Armen
durch die Luft, da stand Martin abrupt auf und packte sie
an der Schulter.

»Ruhig jetzt!«, sagte er. »Hör auf damit!«

Sie zappelte und zuckte und versuchte sich loszumachen.
Auch wenn Martin Heuer ein schmächtiger Kerl war, so
hatte er verborgene Kräfte, die schon renitente Erwachsene eingeschüchtert hatten.

»Du tust mir weh!«, schrie Sara. »Lass mich los! Es
ist gleich Weihnachten, da muss man nett zu Kindern
sein!«

»Hab ich vergessen«, sagte Martin und umklammerte sie
ungerührt. Sie kam keinen Zentimeter von der Stelle.

»Du musst mit deiner Mama reden«, sagte ich zu Timo.
»Sie ist traurig darüber, dass sie dich geschlagen hat. Sie
hat so viel Arbeit, das weißt du ja.«

»Ach«, sagte Timo und seufzte. Er ließ den Arm mit der
Pistole sinken und blickte zu Sara und blickte an ihr vor-
bei zum Fenster, hinter dem das Licht weniger wurde.
»Das macht mir nichts aus. Ich wein bloß immer, weil ich

nicht anders kann, das geht von selber. Ich bin ihr nicht bös. Wahrscheinlich würd ich mich auch schlagen.«

»Warum denn?«, fragte ich.

»Du bist so ein Feigling!«, sagte Sara und trat nach Martins Beinen, was er nicht einmal zu bemerken schien. Er drückte das Mädchen an sich, und sie schnappte nach Luft.

»Wie bist du denn, Timo?«, fragte ich.

»Feig ist er!«, rief Sara. »Wenn ich ihn nicht gezwungen hätt, wären wir jetzt gar nicht hier. Ich hab ihm fünf Ohrfeigen geben müssen, bis er kapiert hat, worums geht. Sein Vater hätt ihn verschleppt, wenn er nicht weggelaufen wär. Und er darf nicht weglaufen ...« Sie stemmte sich sinnlos gegen die Umklammerung. »Wir sind nämlich ein Liebespaar, los, sag, dass das stimmt, los, du Feigling!«

»Das stimmt«, sagte Timo, und es klang nicht verzagt. »Wir sind ein Liebespaar.«

»Aber eure Mütter haben was dagegen«, sagte Martin.

»Glaubst du ...« Sara stieg Martin auf die Schuhe, und er verstärkte den Griff. »Hör auf! Ich erstick gleich! Glaubst du ... die können doch nicht verbieten, dass wir ein Liebespaar sind, das ist doch krank, die können doch das Liebesein nicht verbieten! *Das* ist verboten, stimmts?«

»Das Liebesein?«, fragte ich.

»Ja, genau!«, sagte Sara. »Dass man das verbietet, das ist verboten.«

»Vielleicht«, sagte ich.

»Woher wissen Sie das, dass mein Vater mich nicht mitnehmen will?«, fragte Timo leise.

»Habe ich dir doch gesagt, von deiner Mama. Du kannst sie bald fragen.«

»Der lügt!« Jetzt versuchte Sara, Martin in den Arm zu beißen, ein völlig unnützer Versuch, zumal er seine dicke Daunenjacke trug.

»Woher kennst du diese Wohnung, Sara?«, fragte ich.

»Von meinem Vater ... Du tust mir weh, Blödmann! ... Ich hab die Adresse auf einem Zettel gelesen, und ich hab gewusst, welcher Schlüssel es ist ... Au! ...«

»War dein Vater mal hier?«

»Öfter, mit dem anderen Gangster, die haben sich hier heimlich getroffen, das weiß ich ... Lass mich los, oder ich zeig dich an wegen Kindesmisshandlung!«

»Okay«, sagte Martin.

Ich sagte: »Wollen wir gehen?«

Timo sah sich im Zimmer um wie jemand, der für lange Zeit Abschied nimmt.

»Würdest du gern hierbleiben?«, fragte ich ihn.

Er schüttelte den Kopf.

»Du bist so ein Feigling!«, rief Sara. »Ich hab so viel für dich getan, und was hast du getan?«

»Ich hab aufgepasst, dass du in der Nacht nicht aufwachst«, sagte Timo, und sein Blick endete auf seiner Mütze, die als Knäuel unter dem Fenster lag. »Immer wenn du dich bewegt hast, hab ich meine Hand auf deine Augen gelegt, damit sie nicht aufgehen. Siehst du? Und du hast dich ganz oft bewegt. Aber ich hab aufgepasst, heut Nacht und gestern Nacht auch schon und vorgestern Nacht und vorvorgestern Nacht auch schon.

197

Deswegen bist du jetzt nämlich so ausgeschlafen, das ist doch gut oder nicht?«

Dann ging er zum Fenster, bückte sich und setzte sich die Mütze auf. Achtlos ließ er seine Spielzeugpistole fallen, nahm die Ohrschützer vom Boden, strich sie glatt, klopfte sie im Gehen ab, stülpte sie behutsam über Saras Kopf und achtete darauf, dass sie genau auf ihren Ohren saßen. Mit zusammengepressten Lippen gab er Sara einen schnellen Kuss und schlurfte zur Wohnungstür, ohne seine Pistole aufzuheben.

»Der ist doch blöd«, sagte Sara mürrisch. »Ich hab sogar die Botschaft für seine Mama schreiben müssen, weil er das nicht hingekriegt hat, der Blödian.«

15

Von einem Fall wie diesem blieb nicht einmal eine Akte. Die Mitglieder der Soko beteuerten, wie erleichtert sie seien, und übten harte Kritik am Verhalten der Eltern, ehe sie in ihre Kommissariate zurückkehrten, wo ihre Alltagsarbeit liegen geblieben war. Nachdem ich meinem Vorgesetzten und meinen Kollegen einen mündlichen Abschlussbericht gegeben hatte, schickte ich einen Vermisstenwiderruf an Wieland Korn vom LKA, der die Daten in seinem Computer korrigieren und schließlich löschen würde.

Es war nichts passiert. Niemand war verletzt oder getötet worden, zwei Kinder waren ausgerissen, und wir hatten sie in ihre ruinierten Elternhäuser zurückgebracht. Letzte Gespräche an der Haustür. Dann fiel die Tür zu, und in den Zimmern dahinter stieg das Schweigen wie eine Flut. Dafür waren wir nicht zuständig.

Die Luft roch nach Schnee von den Bergen, und ein kalter Wind wehte.

Der Junge saß in seinem Zimmer und durfte nicht hinaus. Vielleicht war es Timo, vielleicht war ich es, damals, als ich dachte, meine Mutter würde mich verstoßen, ihr Schmerz wäre ihr wichtiger als ich, und sie würde sterben, ohne mich mitzunehmen. Deshalb musste ich weglaufen, weit in den Wald hinein und wieder hinaus und weiter durch die Nacht und durch den Tag. Ich wollte nicht verstoßen werden, ich wollte nicht einsam gemacht werden, ich wollte mich, wenn es schon unbedingt sein musste, selber einsam machen, für alle Zeit.

Der Junge, der Timo war oder ich, lebte in einer Vorstellungswelt, und als diese zerbrach, fiel es ihm unsagbar schwer, das wahre Leben zu begreifen, zu dem der Tod gehört wie jeder andere Abschied, wie die Lüge und das Scheitern.

Und der Junge, der ich war oder Timo gewesen sein wird, fürchtete im Stillen nichts mehr, als dass es von nun an kein Liebesein mehr für ihn geben könnte und dass er daran schuld war, er selbst, dass er es zerstört hatte, für alle Zeit.

Als ich am Tag der Beerdigung meiner Mutter nach der Hand meines Vaters greifen wollte, verfehlte ich sie beim ersten Versuch. Aber als ich jetzt auf der Reichenbachbrücke nach Sonjas Hand griff, erwischte ich sie sofort. Wir schwiegen weiter.

Was aus Josef Singer und seiner schönen Annabelle geworden war, die im Hotel »Aurora« ihr nebelloses Glück zelebrierten, erfuhren wir nicht, obwohl Martin einige Nachforschungen betrieb, angestachelt von einer seltsamen Neugier.

Meine Versuche, den Sandler Bogdan noch einmal zu treffen, waren alle gescheitert, ich ging in die Kneipe im Tiefgeschoss des Ostbahnhofs, ich befragte die Frau mit den Plastiktüten, die wieder an der Bushaltestelle saß, ich sprach mit den Männern vom Wachdienst, niemand hatte den Mann mit dem zerstörten Gesicht und dem

Lederhut in letzter Zeit gesehen. Anscheinend hatte er seinen Aufenthaltsort gewechselt, und ich verstand nicht, wieso. Und ich verstand nicht, wieso ich ihn unbedingt wiedersehen wollte.

»Wir müssen weiter«, sagte Sonja.

Es war der dreiundzwanzigste Dezember, kurz nach neunzehn Uhr, wir waren mit Martin in dessen Wohnung verabredet.

Ich sagte: »Warum lächelst du die ganze Zeit?«

»Der Wind schneidet mir ins Gesicht.«

Ich war dem unsichtbaren Schneider dankbar, denn mir gefiel Sonjas Faltenwurf um die Augen und den Mund. Dann stiegen wir in ihren blauen Lancia und ich setzte mich auf die Rückbank.

Wir tranken Bier aus der Flasche und scherten uns nicht das Geringste um das Acrylamid in den Chips, die Martin in kolossalen Mengen besorgt hatte.

»Unser Knastkassierer hat Glück«, sagte er. »Der Haftrichter lässt ihn über die Feiertage nach Hause.«

Ich sagte: »Bist du sicher, dass sich darüber jeder in dieser Familie freut?«

Martin legte die Videokassette ein, und wir stießen mit den Flaschen an.

»Möge es nützen!«, sagte er.

»Möge es nützen!«

»Möge es nützen!«

Irgendwo hatte Martin gelesen, dass dies die wörtliche Übersetzung von »Prosit« sei.

»Chips und Bier«, sagte Sonja. »Wie alt seid ihr eigentlich?«

»Und du?«, sagte Martin.

Als Jackie Brown über das Laufband am Flughafen ging,
musste ich an Gilda Redlich denken, die beiden Frauen
hatten eine ähnliche Figur, eine, die mich keinesfalls un-
bewegt ließ.

»Die Pam Grier ist ganz schön dick«, sagte Sonja.

»Find ich nicht«, sagte Martin. »Ich find, sie hat einen
Wünsch-dir-was-Körper. Was meinst du, Tabor?«

Ich kaute Acrylamid.

Hauptkommissar Süden sucht Verschwundene –
und erfährt ungeahnte Geheimnisse

Tabor Süden und seine Kolleginnen und Kollegen von der
Vermisstenstelle des Dezernats 11 sind Ani-Lesern bereits
in verschiedenen Büchern des von der Kritik gefeierten
Autors begegnet. Nun stehen Kommissar Süden, Sonja
Feyerabend, Martin Heuer und deren Team im Mittelpunkt
einer Romanreihe.
Es sind Geschichten über die Sehnsucht von Männern und
Frauen, die gern ein neues Leben anfangen würden, ein
besseres, schöneres. Und wer kennt nicht den Wunsch,
alles liegen und stehen zu lassen und einfach abzuhauen,
dieses Verlangen nach Veränderung, nach einem Neuan-
fang, nach etwas Unerhörtem.
Erzählt werden die Geschichten von Tabor Süden selbst, in
einem lakonischen Ton, der manchmal nicht frei ist von
Melancholie – ganz so, wie es seinem Charakter ent-
spricht.

Bisher sind folgende Bände erschienen:

Süden und das Gelöbnis des gefallenen Engels
Süden und der Straßenbahntrinker
Süden und die Frau mit dem harten Kleid
Süden und das Geheimnis der Königin

Knaur